용서의
언덕에서
나를
용서하다

용서의 언덕에서

나를 용서하다

지은이 김미송

발행일 2018년 7월 17일

펴낸이 양근모

발행처 **도서출판 청년정신** ◆ **등록** 1997년 12월 26일 제 10—1531호

주　소 경기도 파주시 문발로 115, 세종출판벤처타운 408호

전　화 031)955—4923 ◆ **팩스** 031)955—4928

이메일 pricker@empas.com

용서의
언덕에서
나를
용서하다

김미송 지음

청년
정신

이 책을 읽고 있으면 해바라기가 끝없이 펼쳐지는 들판이 떠오른다. 태양을 정면으로 받으며 걷는 그녀는 세상이 주는 고난을 온몸으로 받아들이며 자신의 길을 가겠다는 의지가 분명하다.

그녀에게 길은 무엇일까? 무엇이 그녀의 등을 떠밀어 길에 서게 하는가?

이 책의 끝에 다다르면 그녀에게 길은 그리움이며, 내려놓기라는 걸 알게 된다.

길은 누군가에게는 과거로 돌아가는 아련한 흑백 필름이고, 또 다른 누군가에게는 미래로 가는 미지의 공간이다.

수행자에게는 마음의 소를 찾아 나서는 십우도 같은 그림이라면 그녀에게 길을 걷는 행위는 어머니와의 조우였다.

배를 타고 바다로 나간 엄마가 영원히 돌아오지 않은 사건이 그녀를 걷게 만들었다.

지리산 종주 7번, 한라산을 열두 번씩이나 오르고, 산티아고 순례길에서 덕지덕지 상처 난 두 발을 한 걸음씩 옮기며 그녀는 자신이 감당할 수 없는 무게를 짊어지고 살아 온 날의 짐 너머로 어머니를 만난다.

상처난 그녀를 안고 쓰다듬으며 "먼 길 오느라 고생했구나. 다친 발에 약 바르자." 하는 어머니의 음성이 그녀의 가슴에서 들려오는 순간 그녀는 그리움의 방황을 끝내고 드디어 자신과 마주한다.

속절없이 눈물만 흘렸던 지난날들과 삶의 속박에서 풀려나 처음으로 자신을 향해 맑은 웃음 짓는 그녀에게 사랑의 마음으로 꽃 한 송이를 드린다.

정목 스님
정각사 주지.
1993년 한국방송프로듀서연합회 진행자상
1991년 한국방송대상 사회상
지은 책으로 『꽃도 꽃피우기 위해 애를 쓴다』 『달팽이가 느려도 늦지 않다』
『비울수록 가득하네』 등이 있다.

그녀를 처음 만난 건 추자도로 가는 배 안에서였다. 제주 올레길 18-1코스 함께 걷기 행사에 나타난 그녀는 척 보기에 영락없는 도시녀였다. 아니나 다를까 서울 도심에 있는 백화점 남성복 매장에서 이십년 넘게 영업 우먼으로 살아 왔단다.

그런 그녀가 푸른 파도가 넘실거리는 하추자 방파제 앞에서 얼굴도 채 기억나지 않는 엄마를 향한 그리움을, 평생 그녀를 따라다닌 외로움을 한 조각 드러냈다. 엄마도 바다로 향한 뒤 다시는 못 돌아오셨다면서 세련된 도시녀로만 생각했던 그녀가 갑자기 어린 소녀처럼 안쓰럽고 애처롭게 느껴진 순간이었다. 그렇게 우리는 마음을 열기 시작했다.

그런 그녀가 올레길을 여러 차례 걷고 기어이 산티아고 길을 걸으러 가겠다고 하기에 아직도 풀어야 할 게 많은가보다 하고 생각했다.

산티아고 여행에서 돌아온 그녀는 너무너무 고생만 죽도록 했노라면서 자기를 좀 말리지 그랬느냐고 나를 원망했다. 하지만 그녀의 표정과 태도는 예전과는 사뭇 달랐다. 나는 직감적으로 알아차렸다.

'아, 미송은 길에서 마음의 길을 찾아냈구나, 자기 마음으로 들어가는 길을!'

그리고 산티아고 길에서 돌아온 지 3년 만에 그녀가 제주까지 들고 온 원고를 읽는 동안 나도 같이 울고 웃으면서 그녀가 마음의 길을 찾아냈음을 확신할 수 있었다.

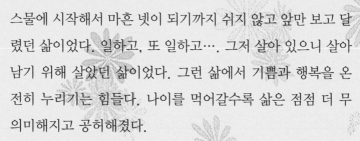

스물에 시작해서 마흔 넷이 되기까지 쉬지 않고 앞만 보고 달렸던 삶이었다. 일하고, 또 일하고···. 그저 살아 있으니 살아남기 위해 살았던 삶이었다. 그런 삶에서 기쁨과 행복을 온전히 누리기는 힘들다. 나이를 먹어갈수록 삶은 점점 더 무의미해지고 공허해졌다.

이렇게 내게 주어진 삶을 소비해 버려서는 안 되는 일이었다. 용기를 내야 했다. 단 한 번 주어진 인생이 아닌가. 그저 살아남기 위해서, 내가 맞이하게 될지 그렇지 않을지 알 수 없는 미래의 행복을 저축하기 위해서만 삶을 소비해버릴 수는 없는 일이었다. 가족, 일, 사랑 그리고 나 자신조차 내려놓을 수 있는 용기가 필요했다.

사표를 던지고 일주일 뒤 나는 산티아고로 떠났다. 하지만 길을 떠났음에도 나는 쉽게 떠날 수가 없었다. 오랫동안 내게 붙어 있던 삶의 찌꺼기들을 털어내는 것은 결코 간단하지 않았고, 산티아고 카미노를 걸으면서 나는 많이 울었다. 가야 할 길이 멀어서도, 길이 가팔라서도, 배낭이 무거워서도, 몸이 아파서도 아니었다. 내가 살아왔던 긴 세월 동안 가슴 속에 응어리지고 쌓여왔던 그 무언가 때문이었다. 길 위에서 나는 비로소 그것들의 민낯을 마주하게 되었던 것이다.

프랑스 생장에서 산티아고까지 나는 800킬로미터를 온전히 내 두 발로 걸었다. 처음 그 길을 걸을 때 나는 말이 통하지 않아 외로웠고, 자존감은 지하까지 곤두박질쳤고, 카미노에서 얻을 수 있을 거라고 믿었던 것들은 희미했다.

그러나 몸이 힘들어질수록 마음은 비어졌다. 나를 내려놓기 시작하면서 이상하게도 사람들이 내게 다가왔다. 언어는 무의미했고, 그저 가슴으로 가까워졌다. 홀로서는 법, 마음의 상처를 딛고 나 자신을 사랑하는 법을 조금씩 깨닫게 되었다. 그것은 단순히 낯선 나라, 낯선 풍경, 보고 싶었던 도시를 찾아 떠나는 여행이 아니었다. 나 자신 속으로 들어가 탐구하고 스스로 존재감을 찾는 길이었다.

그랬다. 일상의 삶에서 누려왔던 것들과 단절되어 매일 20킬로미터 이상을 걸으며 참고 견디는 동안 몸은 자연스레 자연과 교감하게 된다. 마음은 참다운 나를 찾게 된다. 이 세상에 존재하는 모든 것들을 사랑하기 전에 먼저 나 자신을 진정으로 사랑해야 한다는 걸 알게 된다. 내가 지금 가장 필요로 하는 것이 무엇인지 깨닫게 된다. 내면 깊숙한 곳에서 나를 향해 소리치고 있는 목소리에 귀를 기울이게 된다.

산티아고 카미노는 우리의 삶과 닮아 있다. 오르막과 내리막이 반복되고 황량한 대지와 아름다운 초원과 꽃길들이 중첩된다. 막막한 길들의 끝에 마을이 있고, 또다시 가야 할 길들로 이어진다.

지금까지 살아오면서 나는 늘 외로웠다. 힘들고 지칠 때 기댈 수 있는 어깨를 그리워했다. 아프고 상처받은 마음을 치유하고 싶었지만 위로를 구할 수 있는 사람이 아무도 없었다. 그런 존재가 있으리라고 믿지도 못했다. 무작정 산티아고로 떠났던 이유다. 그리고 나는 스스로 상처를 햇볕에 꺼내 말리고 치유하는 방법들을 배울 수 있었다.

나는 삶에서 받은 스트레스와 상처로 인해 고통스러워하는 이들과 공감을 나누면서 서로를 보듬고 싶다. 별것도 아닌 경험을 풀어놓으면서 이 글을 쓰고 있는 이유다. 나처럼 힘들어 하는 이들과 함께 서로 어깨를 걸고 세상의 길을 걷고 싶었다. 이제 더 이상 당신은 홀로 걷는 것이 아니라는 것을 산티아고 카미노에 우뚝 서서 말하고 싶었다. 홀로 걷지만 결국 다음 마을에서 다시 만나는 것처럼 말이다.

제주올레길 총연장 850킬로미터, 지리산 종주 7번, 한라산 등반 12번⋯ 나는 끊임없이 걷는다. 왜 걷느냐고? 그것은 모르겠다. 다만 그렇게 홀로 길을 걷는 동안 나의 내면과 점점 더 밀접하게 다가가고 내면에서 울려나오는 목소리를 들을 수 있게 된다는 거였다.

이제 나는 또 다른 여행을 떠나려고 한다. 그것은 내가 경험했던 것들을 나누고 공유하고 공감하는 일들이다. 그것이 단한 사람일지라도 울림을 줄 수 있다면 내가 받을 수 있는 가장 큰 선물이 아닐까? 제주올레길 위에서 이 글을 쓰면서 그런 생각이 들었다.

2018년 6월

제주 올레길에서 김미송

차례

추천사

프롤로그

015 _ 눈물로 넘는 피레네

029 _ 떠나면 비로소 보이는 것들

041 _ 순례자의 걸음을 닮아가는 길

057 _ 용서의 언덕에 서서

070 _ 침묵의 밀밭

081 _ 카미노의 하루살이 인생

095 _ 나를 길 위로 이끄는 것들

107 _ 나는 나를 응원한다

121 _ 마음을 얽어맨 사슬

127 _ 고독한 길 위에서도 우정은 피어나고

132 _ 비로소 나와 마주하는 순간들

140 _ 나를 깨어나게 하는 순간들

147 _ 카미노에 오버랩 되는 삶의 길

158 _ 때로는 상처가 나를 키우는 힘

167 _ 시간은 기다려주지 않는다

174 _ 나를 잊는 순간 찾아오는 행복

184 _ 걱정은 걱정일 뿐

193 _ 느긋하게 걸어도 괜찮아

201 _ 내 이름은 It's OK 쏭!

207 _ 따듯한 가슴이 강하다

215 _ 오랫동안 감춰온 상처와 대면하기

219 _ 한 번만 더!

223 _ 별들로 가득한 카미노의 밤길

230 _ 에필로그

238 _ 부록 : 순례자용 필수단어

눈물로 넘는 피레네

여기는 프랑스 바욘Bayonne. 설렘과 두려움이 뒤섞여 혼란스러웠다. 이틀을 더 머물렀다. 마음을 굳게 먹으려 애를 썼지만 좀처럼 진정되지 않는다. 총성을 기다리는 스프린터처럼 긴장감이 심장을 꽉 움켜쥐었다. 무엇인가? 무엇이 이토록 나를 조바심치도록 만드는가? 산티아고로 가는 아득한 길, 카미노의 무게였을까? 아니면 다른 무엇이었을까.

생각했다. 여행이 가르쳐주는 것이 있다면 "무조건 부딪혀 보라는 지혜를 깨닫게 되는 것."이라던 베테랑 여행가의 말들이 떠올랐고, 영화감독 토니 리처드슨의 말 또한 생각났다.

"사람들이 후회하는 건 인생을 살면서 해보지 않은 일들 때문이지, 한 일 때문이 아니다."

그래도 큰 위로는 되지 않았다. 내 삶속에 온전히 녹아들지 못한 명언들은 나를 쉽게 설득해내지 못한다.

몸에서 먼저 신호를 보냈다. 감기몸살에 장염까지. 한국에서 챙겨온 약으로 간신히 버텼다. 칼칼하고 따끈한 국물, 흰쌀밥과 새콤한 김치가 차려진 소박한 밥상이 그리웠다. 빵과 고기를 좋아하지 않는 나로서는 먹는 일까지도 고행이었다. 하루라도 밥 없이 살지 못하는 '밥순이'가 바로 나였기에.

아무도 내 등을 떠밀지 않았다.

산티아고 카미노를 완주한다고 해서 올림픽 금메달을 주는 것도 아니고, 상금이 걸려 있는 것도 아니고, 스펙이 쌓이는 것도 아니었다. 그런데… 왜 나는 여기에 있는 것일까? 어떤 해답을 찾기 위해 나는 길 위에 서 있는 것일까? '걷는다는 지극히 단순한 행위'를 통해 나는 무엇을 얻고자 하는가? 알 수 없었다. 왠지 모를 설움이 가슴을 채우고 눈물로 터져 나왔다. 전부 취소해버리고 돌아가고만 싶었다.

산티아고 카미노는 누구에게나 허락되지 않는다는 말이 떠올랐다. 내게도 산티아고 카미노는 허락되지 않는 길이었던가? 그래서 이렇게 앓고 있는 것인가? 시작도 전에 포기해버리고 싶다는 마음이 자라났고, 또 그만큼 도전에 대한 의지도 조금씩 솟아났다.

도전한다는 것은 실패를 두려워하지 않는다는 명제의 다

른 이름이다. 실패를 두려워하지 않는다는 것은 실패를 하지 않을 것이기 때문이 아니라, 실패를 하더라도 그 도전 자체에 충분한 의미가 있다고 믿기 때문이다. 일단 시작해보는 것이다. 그렇게 최선을 다하다가 꺾이더라도 후회하는 대신 그 실패를 온전히 끌어안을 수 있다면 족한 것이다. 그렇게 도전하는 과정에서 나는 새로운 것들과 더 많이 접할 수 있을 것이라고 스스로를 달래고 다잡았다.

소피아는 스물두 살이었다. 귀여웠지만 어른스러웠다. 한국 대학생이었다. 나는 교환학생으로 프랑스에 온 그녀를 바욘에서 만났다. 구세주였다. 어쩌면 내가 아팠던 것은 홀로 그 멀고도 먼 길을 가야 한다는 두려움 때문이었을 것이다. 그럴 때 함께 동행해 줄 사람이 있다는 것, 그 의미는 무겁다. 그녀와 함께라면 산티아고 카미노도 완주할 수 있을 것이라는 자신감이 들었다.

'아, 나는 혼자가 아니다. 의지할 수 있는 사람이 있다.'

사실 우리는 이렇게 서로를 의지하고 체온을 나누며 삶의 길을 가는 법이다. 그럼으로써 용기를 얻어 인생의 먼 길을 갈 수 있는 것이다.

생장Saint Jean Pied De Port으로 가는 버스에 앉아서 우리는 수

다를 떨었다. 매년 7월 25일에는 산티아고 대성당에서 성년의 날 축제가 열리고, 그날은 지금까지 지었던 모든 죄를 그날 용서받을 수 있다는 축제의 날이고, 소피아는 그 날짜에 맞춰서 도착할 계획이었고, 그녀는 이미 샌들과 운동화는 물론 축제를 즐기기 위한 원피스까지 꼼꼼하게 챙겨놓고 있었다.

하지만 정작 나는 이곳까지 올 수밖에 없었던 절실함만을 겨우 챙겼을 뿐 준비물을 챙겨넣을 시간도 마음의 여유도 없이 생장으로 가는 버스에 앉아 있었다. 이렇게 살다가는 죽을 수도 있겠다는 절박감이 목까지 차올라 무작정 떠나왔던 버킷리스트였다.

나는 20년이 넘는 시간을 백화점이라는 콘크리트 벽으로 단절된 공간 속에서 보냈다. 그동안 살아왔던 내 삶의 궤적들은 점원으로서, 매니저로서, 을이거나 갑으로서 사람에게 치여 상처받고 돈 때문에 숨 막혔던 시간들이었다. 문자 한 통으로 어제까지 존재했던 세상과 끊어질 때의 절망감과 막막함! 내 뒤에는 그런 세상이 있었다. 그리고 나는 알 수 없는 세상으로 가는 출발선에 서 있었다.

삶은 짊어지고 있는 배낭보다도 수십 배 무거웠다.

막막한 삶으로부터 도망치듯 떠나온 길이었다.

몸을 힘들게 하는 것으로 마음이 힘든 걸 잊을 수 있으리라는, 그런 도피와도 같은 것. 그러니 제대로 준비를 갖추었을 턱이 없었다. 심지어 옷가지조차 제대로 갖추지 않아 '까르푸'에서 밀린 숙제를 하듯 이것저것 챙겨 넣었다. 그리고 숙제를 하지 않은 학생이 그에 합당한 벌을 받게 되는 것처럼 대가는 반드시 치르게 되는 법. 순례길은 평소 잊고 지내는 발의 소중함을 일깨우는 여정이고, 나는 그 신발을 끝내 버리지 못하고 미련스럽게도 끝까지 함께 하는 것으로 발을 괴롭혔던 것이다.

순례자 사무실을 찾기 위해 소박한 산골마을인 생장을 헤매고 다닐 필요는 없다. 사람들의 발걸음이 모두 사무실로 향하고 있기 때문이다. 생장에서 카미노를 출발하는 사람은 1년에 6만여 명, 그 많은 사람들이 카미노를 걷는 사연들은 무엇일까? 알 수 없다. 그들은 무엇을 찾기 위해 이 길을 가는 것일까? 알 수 없다. 그렇다면 나는 왜 여기 서 있나? 그 또한 아직 알 수 없었다.

마을 한쪽에 있는 순례자 사무실에서 '크레덴샬Credential'이라 불리는 순례자 전용여권을 받고, 바구니에 담겨 있는 순례자의 상징인 조개껍질을 배낭에 걸었다. 정유회사 마크처럼 생긴 조개껍질, 순례자여권에 찍힌 도장을 보며 '드디어 내 버킷리스트를 이룰 수 있게 되었구나.'라는 마음에 비로소 기쁨이 샘물처럼 솟구쳤다. 실감이 났다. 그렇게도 손에 쥐고 싶었던, 바로 그 종이였다.

옷을 갈아입고 출발 준비를 하고 있을 때, 검은 빵모자에 흰 수염을 기른 멋쟁이 자원봉사자가 친절한 표정으로 말했다.

"오늘은 너무 늦어서 피레네산맥을 넘을 수 없어. 오늘 출발하려면 산장을 예약해야 해."

그는 우리를 위해 오리손Orisson 산장에 전화를 걸어 예약까지 해 주었다. 침대가 28개뿐이라서 미리 예약을 하지 않으면 묵을 수 없고, 당일에는 예약도 되지 않는 곳이다. 그래서 대부분의 순례자들은 생장 피에드포르트에서 하룻밤을 지낸 후 다음날 새벽에 출발한다.

생장은 오랜 역사를 품고 있는 프랑스의 작은 국경마을이다. 아담하다. 소박하다. 나무 발코니에 작은 화분들을 놓아 장식한 집들은 동화 속 풍경처럼 예뻤다. 순례자들을 위한 상점들이 들어서 있는 골목길을 구경하다 보면 하루쯤 묵어도 좋겠다는 생각이 들어 아쉬움이 남는 곳이기도 했다.

그래도 나는 떠나야 했다. 나는 머무는 자가 아니라 순례자다.

사무실 봉사자들이 인사를 건네며 축복해 주었다.

"부엔 카미노Buen camino!"

나는 소리 없는 웃음 한 조각만 남겨놓고 아름다운 동화마을과 헤어졌다. 해발 1,400미터가 넘는 피레네산맥 고갯길이 나를 기다리고 있었다. 대단하지 않은가, 나폴레옹은 말을 탔겠지만 나는 두 발로 걸어서 산맥을 넘어가는 게다. 산티아고를 향해 이제 나는 막 첫걸음을 떼고 있다.

마을을 벗어나 맑은 시냇물을 건너는 아름다운 아치모양의 돌다리를 지나니 초록의 세상이었다. 발바닥은 길을 밀어

프랑스의 작은 국경마을인 생장 피에드포르트. 이 작은 마을에서부터 산티아고 카미노는 시작된다.

냈고 아직은 힘이 넘쳤다. 하지만 이때까지였다. 서서히 고도를 높여가는 오르막이 이어지고 숨이 차올랐다. 그동안 운동을 게을리 했던 허벅지에는 젖산이 차올랐고 배낭은 무겁게 어깨를 짓누르고 잡아당겼다.

잠시 걸음을 멈추고 뒤돌아서서 지나온 길을 바라보았다. 그야말로 꿈결처럼… 낯선 풍경이었다. 낯설어서 아름다웠다. 하지만 거기까지였다. 아무리 보아도 싫증이 나지 않을 것 같았지만 그래도 나는 미련을 끊고 전진해야 했다. 저녁을 굶지 않으려면 6시 30분 전까지는 도착해야 했고, 온 몸은 흠뻑, 땀으로 젖었다. 또다시 배가 사르르 아파왔다. 채 낫지 않은 장염 때문이었다. 그러니까, 순전히 장염 때문에, 그 길은 고난의 순례였다.

10분마다 한 번씩 주저앉았다. 그리고 생각했다.
'과연 이 길을 모두 걸어낼 수 있을까?'
'지금이라도 그만 포기하는 게 낫지 않을까?'
그렇게 한 시간이 흘러갔다. 그동안 운동을 멀리 하고 지냈던 날들이 뼈에 사무쳤다. 카미노를 걷다 보면 자연스레 살이 빠질 거라고 생각한 나머지 동면을 준비하는 곰처럼 한동안 먹는 걸로 스트레스를 풀었고, 내 몸무게는 아이를 낳기 전 이후로 가장 높은 숫자를 기록하고 있었다.

걸음은 갈수록 무거워졌고, 길은 가팔랐고, 산장은 나타날 기미가 없었다. 8킬로미터를 걸었을 뿐인데, 4시간이 흘러갔다.

'아이고, 하루에 20킬로미터 이상을 걸어야 한다고?'

말도 안 되는 숫자들이 머릿속을 오갔다.

우리는 때를 가리지 않고 불쑥불쑥 머리를 쳐드는 회의懷疑와 함께 살아가는 존재다. 목표를 향해 달려가는 길들은 늘 너무나 막막하고 무거워서 스스로를 의심하고 또 의심하며 낙담하기 쉽다. 자신감은 바닥까지 떨어지고 그 순간부터 걸음은 더욱 무거워진다.

하지만 이곳에 주저앉아 모든 걸 내던지는 게 아니라면, 내게 주어진 유일한 선택은 한 걸음씩이라도 끝내 걸어내는 것뿐이었다. 현실의 무게는 늘 견딜 수 없이 무거웠지만, 그래도 그런 시간들 속에서 나는 견뎌냈고 지금까지 멀쩡하게 살아오지 않았던가.

남은 길은 아득해서 미리 염려하고 걱정하고 회의할 일은 아니었다. 지금 내가 할 일은 한 걸음씩 견디면서 걷는 것뿐이었다. 대부분 아스팔트로 포장이 된 길은 꾸준하게 정상까지 기어오르는 오르막. 다행히 경사는 그렇게 심하지 않다. 탁 트여서 눈에 닿는 풍경은 대부분이 목초지여서 풀을 뜯는 소와 양들이 한가롭다.

오르막을 다 오르자 휘어져 돌아가는 능선 아래로 붉은 지붕을 이고 산장이 앉아 있었다. 푸른 초지로 이루어진 산장 뒤쪽의 부드러운 비탈에는 함께 출발했던 몇몇 순례자들이 일찌감치 도착해 짐을 풀어놓은 채 여유로웠고, 내려다보이는 아래쪽으로는 피레네의 능선들이 겹겹이 흐르고 솟구치며 아스라했다.

알베르게의 실내는 깔끔해보였다. 햇살이 창을 뚫고 들어와 환하게 빛났다. 2층 침대 세 개가 놓인 방은 여섯 명이 함께 써야 했는데, 고도가 높아서인지 습하고 춥고 게다가 침낭 또한 눅눅했다. 샤워를 하려면 동전을 넣어야 했고, 물이 나오는 건 5분뿐이었다.

빨래를 언덕에 널어놓고 나서 제주에 계신 엄마에게 전화를 걸었다. 엄마의 목소리가 지구 반대편에서 내게로 왔다.

"몸은 괜찮지? 아픈 데는 없고? 먹는 건 어때?"

말 한마디 꺼내놓지 못하고 눈물만 솟았다.

"딸! 힘들면 그냥 돌아와, 엄마랑 놀자. 꼭 그 길을 걸어야 하는 건 아니야. 누가 세금을 내라고 하는 것도, 뭐라고 하는 사람도 없으니까. 너무 무리하지 말고."

나는 아무런 말도 못하고 간신히 대답만 쥐어짰다. 힘들다고, 집에 가고 싶다고, 포기하고 싶다는 말이 입속에서 뱅뱅 돌았다. 마른 행주를 비틀 듯 용기를 쥐어짜면서도 한편으로

오리손 알베르게에서 만난 순례자들.

는 이런 생각이 들었다.

'그래, 여기에 온 것도 나고, 가고 싶으면 언제든지 돌아갈 수도 있어.

오리손 알베르게albergue는 아침식사를 포함해서 34유로를 지불해야 한다. 산티아고까지 가는 카미노에서 가장 비싼 숙소다. 하지만 이곳은 피레네산맥을 넘는 동안 만날 수 있는 유일한 숙식 공간이므로 나처럼 생장에서 묵지 않고 출발하는 사람들은 울며 겨자 먹기로라도 묵을 수밖에 없다. 물론 다음날 일정도 생각해야 한다.

저녁식사는 순례자들이 함께 모여서 먹는다. 식탁에는 양고기와 채소수프, 콩으로 만든 '소빠 데 렌떼하스Sopa de lentejas'와 와인이 큰 물병에 담겨 올라와 있었다. 알베르게의 전통에 따라 각자 자신에 대한 소개를 했고, 이어서 왁자한 웃음과 소란스러운 말들과 군중속의 고독 속에서 식사는 이어졌다. 달콤함과 씁쓸함, 따뜻함과 외로움. 지금 생각해보면 이 첫날의 만찬은 앞으로 걸어야 할 카미노를 은유하고 있었던 것 같다.

음식은 맛있었을까? 모르겠다. 내게는 장염으로 인해 밤새 화장실에 드나들게 될까봐 두려웠던 공포의 음식일 뿐이었고, 긴 테이블은 여러 나라에서 모여든 순례자들이 뱉어내는 제각각의 언어들로 소란했다. 프랑스, 이탈리아, 독일, 영국, 덴마크…. 한국 사람은 소피아와 나 둘뿐이었다. 소란하게 오가는 언어의 만찬 속에서 나는 홀로 과묵했다. 그들 사이에 오가는 왁자하고 친근한 소통도 초급에서조차 많이 빠지는 내 영어 실력으로는 그저 외계인들이 떠들어대는 소음에 불과했을 뿐이었다.

군중 속의 고독이란 게 이런 것일까? 유창한 영어로 대화를 나누는 소피아를 나는 부러운 시선으로 바라보았다. 그들이 나누는 말들이 궁금하기도 했다. 어느 나라에서 왔는지, 어떤 이유를 가지고 이곳에 왔는지, 혹여 나처럼 힘겨운 삶과 마음을 추스르기 위해 오지는 않았는지 궁금했다. 그들과 친구가 되고도 싶었다. 하지만 나는 귀가 없었고 입도 없었다.

가끔씩 통역을 해 주는 소피아를 번거롭게 만드는 것은 아닌지 미안한 마음이 들고 불편해져서 나도 모르게 자리에서 일어섰다. 내가 거기에 앉아 있는 그 자체가 그들에게 부담을 주는 것처럼 느껴졌고, 귀찮기만 한 계륵과도 같은 존재로 느껴졌고, 그렇게 겉도는 자신이 비루했다. 그렇게, 나는 나도 모르게 스스로 보이지 않는 벽을 쌓고, 스스로를 할퀴고, 무너지는 자존감으로 비참했다.

산티아고의 첫날밤은 춥고 쓸쓸했다. 그래도 뜨거운 물이 담긴 차 통을 넣어두었던 침낭은 포근했다. 저녁인사도 나누지 못한 채 침낭에 기어들어 애벌레처럼 웅크린 채로 나는 오래도록 잠들지 못했다. 한기를 느끼고 눈을 떴을 때는 아직 이른 새벽이었다.

왜 그런 마음이 들었던 것일까? 빨리 이곳을 떠나고 싶다는 생각들….

나는 점심으로 먹을 바게트에 초리조Chrizo 햄 한 조각이 전부인 샌드위치를 챙겨들고 홀로 산장을 등졌다. 산 중턱 오르막을 걷고 있을 때 갑자기 컥, 하고 울음이 터졌다. 뭐가 그리도 서러웠던 것일까? 걸어온 길들을 내려다보면서 한참 동안 눈물이 멈추지 않았다. 피레네의 맑디맑은 바람에도 눈물은 마르지 않았다. 사람들이 다가와 눈이라도 마주치게 되면 억지로 환한 표정과 미소를 지어보였지만 곧 홀로 남겨지면 또다시 눈물이 솟았다.

아, 내 몸속에는 얼마나 많은 눈물이 들어 있는 것일까? 버킷리스트의 첫 번째 목록, 그토록 오고 싶었던 이곳에서, 나는 울고 있었다.

무엇 때문이었을까? 피레네산맥을 넘어가는 길의 힘겨움 때문이었을까? 외로움이었을까? 무너진 자존감이었을까? 아니면 다른 무엇이었을까?

눈물은 오래도록 마르지 않았다. 어쩌면 그것은 가슴속에 응어리진, 오래 묵은 무언가가 녹아내리고 있는 것이었는지도 몰랐다.

나는 이제 막 카미노 데 산티아고 800킬로미터의 첫걸음을 떼어놓고 있는 중이었다.

떠나면 비로소 보이는 것들

인간은 누구나 행복한 삶을 원한다. 누가 그것을 원하지 않는단 말인가. 하지만 온전히 행복한 삶이란 건 애당초 존재하지 않는다. 존재하지도 않는 것을 향해 달려갈 때 우리는 늘 힘겹고 고통스럽고 목마르다.

그렇다면 우리로 하여금 행복한 삶을 살아가지 못하도록 방해하는 것들은 어디에서 오는 것일까? 무엇이 우리를 목마르고 고통스럽고 좌절감에 몸부림치도록 만드는 것일까?

대부분은 인간관계에서 오는 것이 아닌가 생각한다. 슬픔, 기쁨, 짜증, 불안, 두려움, 사랑 등등 내가 인식하지 못하는 동안에도 불쑥불쑥 머리를 쳐드는 마음들…, 우리는 다양한 감정을 품은 채 다른 사람들과의 관계 속에서 살아가는 존재이기 때문이다. 그리고 이런 사소한 감정 하나하나로 인해서 행복을 느끼기도 하고 힘들어 하기도 하는 것이다.

흔히 이런 말을 한다.

"일이 아니라 사람 때문에 힘들다."

우리는 사람들과의 관계 속에서 수없이 많은 크고 작은 상처를 받기도 하고, 아픔과 좌절을 느끼기도 한다. 욕심 때문에 소중한 사람을 잃기도 하고 지친 마음을 위로하며 따뜻한 에너지를 채워주는 지기知己를 만나기도 한다.

하지만 세상살이에서 그런 지기들을 만나는 일은 매우 드문 법이고, 서로 상처를 남기는 관계는 흔하다. 나를 힘들게 하고 분노하게 하고 도저히 용서가 되지 않을 것 같은 사람을 만나게 되는 일이 더 많은 게 바로 세상살이다. 내가 비루한 존재에 불과하다는 걸 강요당하고, 이를 악물며 모욕을 참아야 할 때 우리의 영혼은 찢긴다. 그렇게 만신창이가 된 마음으로 수많은 날들을 견딘다. 나 역시 다르지 않았다.

그럼에도 여기에 잊어서는 안 되는 진리가 하나 있다. 그런 사람, 그런 상황, 그런 현실로부터 받은 상처들을 밖으로 꺼내 치유해야 한다는 것. 하나씩 마음 밖으로 내보내야 한다는 것. 햇볕에 꺼내 말려야 한다는 것. 그냥 품고 있으면 절대로 치유되지 않는다는 것. 그래서 우리는 그런 것들을 밖으로 밀어낼 수 있는 마음 근육을 만들고 단련시켜야 한다. 하여, 마음 근육이 단단해지면 낡은 부리를 뽑아버린 독수리의 새로운 삶처럼 비로소 나 또한 새로운 삶으로 태어날 수 있게 되는 것이라는 걸 나는 길을 걸으며 배웠다.

나를 바라보는 시선들, 폄훼의 눈초리를 나는 두려워했지만 그렇게 두려워했던 것들이 실상은 피부를 뚫고 뼈를 부수지는 못한다는 것을 알게 되었다. 부끄러워할 수는 있다고 해도 시선만으로 사람을 죽일 수는 없는 것이고, 게다가 대부분의 사람들은 다른 사람들에게 별다른 관심이 없다. 그러니 타인의 시선을 의식해서 겁먹고 도망쳐야 할 이유라고는 아무것도 없음을 알게 되었다.

피레네산맥을 넘으며 울음이 터졌던 것은 길이 가팔라서도, 배낭이 무거워서도, 가야 할 길이 멀어서도, 장염 때문도 아니었다. 그건 바로 떨쳐내지 못한 마음속에 오래도록 품고 있었던 바위 덩어리, 채 낫지 않은 마음 상처가 어깨를 짓누르고 있었기 때문이었다. 순례길 첫날부터 자존감이 무너지고 희망은 허술해졌기 때문이었다. 나름대로 당당하고 멋지게 살아왔고, 살고 있다고 포장했었고, 직원들에게 월급을 주며 잘난 척하면서도 속으로는 허했던 나의 맨 얼굴을 비로소 대면하게 되었기 때문이었다. 비로소 마주하게 되었던 진짜 나는 겉으로 드러내 보였던 것과 달리 소심 덩어리였고, 자신감 대신 언제나 자괴감에 짓눌려 있었고, 스스로를 믿지 않았다. 나는 두꺼운 가면으로 내면의 민낯을 가린 채 평생을 살아왔던 것이다.

어쩌면 소피아에게 의지하려는 마음이 들었던 것은 '나 혼자만 남아 있게 될지도 모를 세상'에 대한 두려움과 거기에서 움이 트고 자랐던 어떤 부실한 자존 같은 것이었다. 그동안 남들이 몰려가는 길을 쫓아가면서 그들을 흉내 내며 살았을 뿐이라는 걸 나는 절실하게 깨달았다. 알맹이가 있는지 없는지, 썩었는지 싱싱한지도 알 수 없는 열매를 붙들고 껍질을 벗겨내기 위해 온갖 애를 쓰는 동안 나는 늘 불안한 감정을 보듬어 안고 하루하루를 '그저' 생존해 왔던 것이다.

어쩌면 나는 눈에 보이지 않는 마음의 장애를 가지고 있었던 것 같다. 비뚤어지고 휘어진 척추로 인해 똑바로 서서 세상과 삶의 맨얼굴을 제대로 바라보지 못했다. 그것은 어떤 약으로도 고칠 수 없는 병이었다. 보이지 않는 장애를 앓고 있으면서도 당당한 척 아프지 않은 척 연기하면서 살고 있었다. 남들에게 마음의 장애를 들킬까 전전긍긍하며 살았다.

지금 생각해보면 해결되지 않을 일에 시간을 쓰고 고심하는 것처럼 우리의 삶을 지치게 만드는 것은 없는 것 같다. 우리는 모두 단 한 번뿐인 삶의 길을 걷는 순례자들인데 말이다.

그리고 보면 카미노야 말로 삶을 축약해 보여주는 상징인 것 같다. 산티아고 카미노에서는 다른 사람과 함께 걷는 경

피레네산맥을 넘기 위해 오르는 길

우가 드물다. 대부분 홀로 걷는다. 우리 삶 역시 마찬가지가 아닌가? 어울려 살지만 결국 혼자 걷는 길이다. 미워하는 마음, 시기하는 마음, 무시당했다고 분노하는 마음… 한낱 마음의 장난이요, 넓게 펼쳐진 초원 위로 길게 흘러가는 흰 구름과도 같은 것이지 싶었다. 그리고 조금씩 눈물이 말랐다.

나와 소피아 사이에는 점점 더 먼 길이 남았다. 하나 둘 나를 추월해 점처럼 아득해졌다. 땡볕이 쏟아지는 길바닥에 주저앉아 신을 벗고 양말을 벗었다. 발가락 사이로 스치는 바람이 말로 표현할 수 없는 느낌으로 마음에 남았다. 몸은 바람 속으로 풀어지고 마음은 피레네의 풍경 쪽으로 흘러갔다. 몸과 마음과 풍경이 하나로 만나고 또 풀어지고 있었다. 길 위로 손가락 한 마디만한 무주택 달팽이가 느릿느릿 기어갔다. 산등성이로 흩어져 풀을 뜯고 있는 양떼들이 하얀 점들로 멀었고, 하늘은 파랗고 아득해서 초록빛 구릉 너머로 사라졌다. 민달팽이와 양떼와 푸른 초지와 아득하게 흘러가는 길을 품고 있는 대지와 나무들과 초록빛 구릉…. 세상은 평화로웠고 내 입술에는 소리 없는 웃음이 매달렸다.

피레네산맥을 넘어가는 길에는 작은 성모상이 하나 서 있다. 아득한 과거의 한때 알렉산더가 동쪽으로 원정을 떠나면서 이곳 풍광에 반한 나머지 편한 길로 돌아가는 대신 산맥을 넘어가는 길을 택했다는 이야기가 전한다. 그랬다. 아름다웠다. 풍경을 바라보면서 저절로 감탄사가 입술을 열고 나오는 것은 내가 자주 환성을 토해내는 감상적인 성품을 가지고 있어서가 아니었다. 키가 훤칠하고 잘생긴 청년이 나를 보고 인사를 건넸기 때문만도 아니었다.

벨기에 브뤼셀에서 왔다는 안트로는 스물네 살이었다. 커다란 비닐 쇼핑백을 등에 메고 있었을 뿐 그는 아무런 짐도 지니고 있지 않았다. 법정스님만큼이나 무소유였다. 심지어

운동화도 아닌 구두를 신고 있었고, 메고 있는 쇼핑백은 살짝 터져 있었다. 나는 배낭에서 옷핀을 꺼내 터진 비닐 쇼핑백을 정리해 주었고, 우리는 함께 걸었다. 알 수 없는 말들로 그가 물었다. 그와 나의 대화 사이에는 막막한 침묵 같은 것이 고여 있었다. 그래도 우리는 핸드폰 번역기를 통해 간간히 마음을 이었고, 그렇지 않았더라도 함께 사진을 찍고 음악을 들으면서 좋았다.

안트로가 궁금하다는 표정을 지으며 핸드폰 번역기를 내 코앞에 들이댔다.

"영어도 안 되는데 어떻게 이곳에 왔니?"

속으로 욱! 했다. 그리고 이렇게 말했다.

"내가 여기에 오는데 영어가 꼭 필요해?"

그 친구는 고개를 저으며 웃었다.

아마도 그는 영어도 잘 못하면서 여기까지 날아와 카미노를 걷는 용기를 칭찬해 주고 싶었고, 얼마나 힘들게 왔는지 묻고 싶었는지도 모른다. 아, 또다시 마음 장애가 나를 삐딱하게 만들고 있었다.

우리는 샌드위치를 나눠 먹으면서 묻고 대답했다. 아니 묻고 싶었고 대답하고 싶었다. 말로 교감할 수 없는 대화는 느렸지만 문제될 것은 없었다. 안트로가 알아들 수 있는 단어로 천천히 이야기하면 나는 몇 개의 단어와 몸으로 말했다.

그는 한국에 친구가 있다면서 언젠가 한국에 가게 되면 만나고 싶다고 했다. 우리는 메일 주소를 주고받았다. 동행은 즐거웠고, 가슴이 따뜻해졌다.

피레네산맥 정상에는 거센 바람이 불었다. 우리는 바람 속으로 몸을 밀어 올렸다. 바람 속에서도 굳건하게 버티고 있는 건 이잔도레Izandorre 대피소였다. 피워놓은 모닥불 때문에 연기가 자욱했고, 따뜻한 공기가 감돌았다. 덥수룩하게 수염을 기른 산장 주인이 건네준 초콜릿을 입속에 넣자 마음 또한 달콤해졌다. 돌아온 지 오래인 지금까지도 나무 타는 냄새가 맡아지고 입속에 감돌던 달콤한 초콜릿 맛이 느껴지는 건 그 아저씨의 미소 때문일까, 아니면 바람 때문이었을까?

정상을 지나치자 표지판이 나를 맞았다. 남아 있는 거리 765킬로미터. 숫자는 아득해서 실감이 나지 않았다. 하지만 나는 이제 산티아고를 향해 조금은 더 씩씩하게 걸음을 내딛고 있었고, 이제는 더 이상 프랑스가 아니라 스페인이었다. 사실 프랑스와 스페인의 국경은 명확하지 않으므로 어디까지가 프랑스고 어디서부터 스페인인지 알지도 못했지만 말이다.

피레네산맥을 넘어 론세스바예스Roncesvalles까지 이어지는 약 3킬로미터 구간은 아주 심한 내리막이다. 올라왔으니 내

산티아고 거리를 알리는 표지판

피레네산맥 고갯길의 성모마리아상 앞에 서 있는 안트로

이잔도레 데피소

려가야 하는 것이 진리라면 지금이 바로 그때다. 뒤로 잡아당기던 무거운 배낭이 이제는 중력에 충실해서 등허리를 찍어 눌렀다. 무릎이 아팠고 발바닥이 비명을 질렀다. 걸음은 눈에 띄게 느려졌고, 가끔씩 허방을 짚었다. 그래도 걸음을 멈추지 않는다면 끝은 있는 법, 나는 걷는 걸 포기하지 않을 것이며, 마침내 이 길의 끝에 설 것이라는 용기를 잃지 않을 수 있을까? 아직은 알 수 없었다.

론세스바예스는 내리막 막바지에 있다. 크레덴샬(순례자여권)을 보여주면 어디에서 왔는지, 오게 된 이유는 무엇인지 설문지에 기록하도록 하는데, 순례자 통계자료로 쓰기 위해서라고 한다.

론세스바예스에서 묵었던 알베르게는 칸막이로 나누어 막은 2층 침대 4개가 들어 있는 공간이었다. 배낭을 넣는 개인 사물함이 있고, 남녀로 구분된 화장실과 온수로 샤워도 할 수 있다. 카미노에서 만날 수 있는 가장 고급스러운 숙소에 해당한다는 의미다.

숙소에서는 입구 선반에 신발을 벗어 놓고 맨발 또는 준비한 슬리퍼를 신어야 한다. 순례자 메뉴를 주문하고 정해진 시간에 식당에 가면 되는데, 오늘의 메인 메뉴는 돼지고기와 생선요리. 애피타이저로 수프가 나왔고 후식으로는 바게트 빵과 와인이 제공된다. 빈 테이블이 보이지 않아 나와 소피아는 이탈리아에서 온 아저씨와 동석했다. 그는 자전거를 타고 피레네산맥을 넘어왔다고 한다. 그가 지나온 피레네의 언덕길은 그에게 어떤 의미였을까 하고 잠시 생각했고, 두 사람 사이에 오가는 대화는 어차피 내게 외계어여서 나는 그저 묵묵히 음식을 씹고 삼키는 일을 반복했다.

와인 잔을 들면서 이탈리아 아저씨가 내게 말을 걸어왔다. 소피아의 통역으로 이야기를 주고받는 동안 주책없이 눈물이 찔끔 솟았다. 당황한 소피아와 이탈리아 아저씨가 나를 달래주느라 나의 용기에 경의를 표한다며 박수를 쳐주었다. …. 그러고 보면 눈물로 보낸 하루인 셈이다. 가만히 생각해보았다. 오늘만큼이나 많이 울었던 날들이 있었는지. 잘 떠오르지 않았다. 어쩌면 나는 많이 약해져 있었고, 주눅이 들어 있었고, 카미노가 내게 어떤 의미가 될 것인지는 아직 막연했다.

그러고 보면 오늘 하루 동안 온갖 인생 고비를 다 넘어온 것만 같다. 지금까지 살아오면서 나는 고통스러운 상황에 부딪칠 때마다 나 자신을 나무라고 자책해 왔었다. 내게 책임을 돌리고 물러서는 게 쉬웠다. 그런 상황으로부터 도망치려 했을 뿐 있는 그대로 인정하고 이겨내려 하지 않았다. 그리고 마음속 깊이 그렇게 받은 상처들을 밀어 넣어 감추려고만 했다. 아마도 눈물이 터져 나왔던 것은 내 삶 속에서 쌓이고 쌓여 종양 덩어리처럼 단단하게 뭉쳐 있던 어떤 것들이 한꺼번에 녹아서 넘쳐 나왔기 때문이리라.

삶은 본래 그런 것이다. 어떻게 매일 매일이 즐겁고 행복할 수만 있겠는가. 아프고, 슬프고, 힘들고, 고통스러운 날도 있기 마련인 것이다. 그렇게 쌓여 상처로 남아 있던 것들을 산티아고로 가는 길이 어루만져 치유해 주고, 다 닳아버린 에너지를 채워주었나 보다. 오늘만은 울고 싶으면 울고, 취하도록 술도 마셔보고, 바라는 것 없이 모든 것을 받아주고 싶었다.

나는 나에게 말했다.

"넌 지금 마음이 아파서 빨간 약을 바르고 치료를 하는 중이야."

한 번도 생각해 준 적 없었던 내 마음에게 나는 따뜻한 시선을 보내 주었다.

순례자의 걸음을 닮아가는 길

론세스바예스는 30여 명의 주민들이 살고 있는 피레네산맥 중턱에 자리 잡은 아담한 국경 마을이다. 마켓은 없지만 호텔 두 곳과, 책방, 여행자안내소, 성당 그리고 수도원이 있다. 론스바 알베르게는 오래된 순례자병원을 개조해서 만든 곳으로, 마치 중세의 성채처럼 독특한 분위기를 풍기며 나를 맞았다. 깔끔하게 꾸며진 실내공간은 183명의 순례자를 수용할 수 있을 정도로 넓다. 이용료는 10유로, 지하에는 무료로 쓸 수 있는 세탁실이 있으며, 세탁 서비스를 신청하면 배달까지 해 준다.

알베르게 밖에서는 순례자들이 의자에 발을 올려놓은 채 쉬고 있었다. 초록이 가득한 잔디밭으로 햇살이 쏟아졌고, 배낭을 짊어진 순례자들이 느린 걸음으로 가끔씩 지나쳤을 뿐 그림처럼 고요했다. 평화로웠고, 적요했고, 시간은 한없이 헐겁게 흘렀다. 아름다웠다. 아니 풍경은 아름다운 것도 황폐한 무엇도 아니다. 따뜻한 것도 쓸쓸한 것도, 자유도 억압도 아니다. 어쩌면 그것은 내 마음이 만들어내는 그림자에 불과할 뿐이다. 자연은 그저 이곳에 존재할 뿐이며 나의 마음이 아름답고 평화롭고 따뜻하다고 읽을 뿐이다.

이곳에는 바로 론세스바예스와 롤랑의 전설이 숨 쉬고 있었고, 바스크 지역의 피레네를 등반하는 등산객들은 폭우가 쏟아지는 밤이면 마치 유령이 연주하는 듯한 호른의 메아리 소리를 들을 수 있다고 했다. 수 세기 전에 론세스바예스에서 마지막 숨을 몰아쉬면서 롤랑이 불었다던 바로 그 호른 소리! 롤랑은 12명의 기사, 병사들과 함께 로마네스크 부속 교회가 있는 사각의 납골당에 묻혀 있다고 했다.

롤랑의 전설이 무겁게 깔려 있는 론세스바예스의 밤은 길었다. 롤랑의 호른 소리는 들려오지 않았다. 대신 러시아에서 왔다는 순례자가 코를 골아댄 덕분에 밤새도록 비몽사몽이었다. 온갖 생각들이 머릿속을 헤집으며 흘러 다녔다. 생각이 지나치면 독이 된다. 생각이 생각을 낳아서 풀뿌리처럼 사방팔방으로 뻗으며 혼곤했다. 그리고 길고 긴 밤을 빠져나가 날이 밝아왔을 때, 밖에는 비가 스프레이 물 입자처럼 흩뿌리고 있었다. 사람들이 이른 새벽부터 배낭을 정리하며 떠날 준비를 하는 통에 어수선했고, 나 또한 일찍 길을 서두르기로 했다.

나는 작은 손전등을 들고 어스름 새벽의 이슬비를 맞으며 길을 나섰다. 6월이었음에도 피레네산맥 중턱의 새벽은 추웠고, 길은 평탄하게 풀어졌다. 길에 쌓인 낙엽이 발에 밟힐 때마다 바삭, 짧은 신음소리를 흘렸다. 한 시간 정도를 그렇게 걸었다, 내 발자국 소리를 동반자 삼아서. 이제는 그동안 내린 비로 진흙탕 길이었다. 진흙 알갱이들이 내 발을 붙잡고 끌어당겼다. 그래도 며칠 동안 고생했던 장염이 이제는 모두 나아서 배앓이가 사라진 것만은 다행이었다.

아침을 해결하기 위해 생각 없이 들어선 작은 마켓에서 밤톨처럼 야무지게 생긴 청년이 나를 향해 밝은 웃음을 지어보이며 인사를 건넸다.

"안녕하세요!"

반가운 마음에 나도 모르게 튀어나온 말이라고 해야, 이랬다.

"어! 한국 사람이네?"

에너지가 넘쳐 보이는 그 친구는 마케팅 회사에 다니다가 밤낮 없이 일에 치여 사는 일상에 환멸을 느껴 사표를 던지고 카미노에 올랐다고 했다. 키다리 아저씨처럼 선한 얼굴을 가진 무역회사에 다닌다는 다른 친구는 사랑의 아픔을 견디는 중이라는 32살 청춘이었다. 말수가 적은 또 다른 친구는 대기업으로 이직하면서 연수를 들어가기 전에 자신에 대한 탐색을 하고 싶어서 왔다고 했다. 그는 대학시절 연극을 했고, 한국에서 가져온 대금을 들고 다니며 순례자들에게 아리랑을 연주해 줘 감동을 선사하기도 했던 친구다.

모두 카미노에서 만나 친구가 된 이들이었다. 제각기 다른 길을 걸었던 사람들, 무엇 하나 닮아 있는 것이 없는 사람들을 길은 이렇게 쉽게 가까워지도록 만든다.

그들은 이미 나를 본 적이 있다고 했고, 배낭의 무게에 짓눌려 헐떡거리는 여자로 기억하고 있었다. 조심스럽게 짐을 줄여보는 것은 어떻겠느냐고 내게 조언을 했던 것은 아마도 그래서였을 것이지만, 물론 나는 눈곱만큼도 무겁지 않다며 허세를 부렸다.

먼 타향에서 겨레를 만나면 따질 것 없이 정을 느끼게 되는가 보다. 그들은 따뜻한 마음으로 나를 챙겨주었고, 카미노를 걷는 동안 지도와 나침반이 되어 주었던 존재들이다. 빗속을 함께 걸으며 눈물로 넘었던 피레네산맥을 이야기하고, 배낭보다 무거운 마음속 돌덩어리들에 대해서도 조금씩 풀어놓았다. 우리는 단체 카톡을 만들어 정보를 주고받았고 찍은 사진을 보내며 친구가 되었다. 그리고 그들이 사진을 보낸 곳에 가면 나 또한 사진을 찍어 보내며 잘 걷고 있다는

안녕의 인사를 남기기도 했다. 사람으로 인해 상처 받았던
내가 사람을 통해 치유 받고 있었다.

　우리는 제각각의 이유를 가지고 길을 나선다. 어쩌면 그것
은 다친 동물이 상처를 치유하기 위해 온천을 찾아 몸을 담
그는 것과 비슷할지도 모르겠다. 치유하고 에너지를 채우기
위해, 살아남기 위해.
　지리산을 등반하다가 우연히 만났던 40대로 보이는 남자
와 이런저런 이야기를 나눴었다. 그는 한 달에 한 번씩 지리
산을 종주한다고 했다. 그가 처음 지리산 종주를 했었던 때

는 사기를 당해 엄청난 빚더미에 올라 죽음 이외에는 더 이상 길이 없다고 생각했을 때였다고 했다. 그리고 세상을 버리기 전에 그동안 해보고 꼭 해보고 싶었지만 미루기만 했던 지리산 종주에 나섰다는 거였다.

처음 산을 오르는 내내 그는 울었다고 했다. 죽을 만큼 힘든 삶과 터져나갈 것 같은 허벅지와 심장과 허파, 그보다 수백 배나 무거운 삶…. 지리산이 다시 삶을 꾸려갈 수 있는 어떤 힘을 주었던 것일까? 그는 열심히 벌어서 빚을 갚아가면서 몇 년째 산을 오르고 있다고 했다. 그는 이렇게 말했다.

"마음을 바꿔 먹으니까 세상이 달라지더라고요!"

끝이 보이지 않을 것 같았던 빚도 이제는 어느 정도 청산했다면서 그는 지리산이 자신을 살려낸 것이라고 믿었다. 지리산의 어떤 힘이 그를 다시 세상과 맞서 싸울 수 있도록 용기를 주었는지는 나도 모르겠다. 하지만 나중에 지리산과 제주올레길을 여러 차례 걸으면서 그의 마음을 이해할 수 있을 것 같았다. 그런데 나는 그때 왜, 산티아고 카미노에서 만난 젊디젊은 청년들을 보면서 지리산에서 만났던 그 남자가 떠올랐던 것일까?

우리는 함께 길 위에 섰다. 3킬로미터 정도를 걸었을 때 마을이 나타났다. 소설가 헤밍웨이가 『태양은 다시 떠오른다』를 집필한 부르케테Burgette, 그가 사랑했던 아름다운 마을이었다. 헤밍웨이가 송어낚시를 하면서 머물렀던 호스텔이 마을 입구에 있는데, 그는 친구인 피츠제럴드에게 이런 편지를 썼다.

"아무에게도 방해 받지 않고 송어낚시를 할 수 있으니 천국에 온 것 같다네."

우리는 마을에 오래 머무르지 않았다. 송어낚시를 해볼 생각은 더더욱 해보지 않았다. 우리는 16세기 바로크양식으로 지어진 아름다운 바리의 산 니꼴라스성당을 지나 푸르른 농장과 목장을 지나쳐 갔고, 숲속 오솔길을 걸어 지났다. 어쩌다가 가끔씩 나타나는 바bar가 보이면 들러서 맥주를 마셨고, 길가에 세워진 푸드 트럭 앞에 걸음을 멈추기도 했다.

순례자의 지친 걸음을 위로하기에 목젖을 타고 부드럽게 넘어가는 스페인 맥주는 최고다. 그다지 맥주를 좋아하지 않는 나조차 10킬로미터 넘게 걷고 난 뒤에 마셨던 맥주 한 모금에서 천국을 느꼈으니 맥주를 좋아하는 다른 친구들은 오죽했을까? 아마도 천국이란 하늘의 어떤 곳에 있는 게 아니었으리라.

그렇게 걸었다. 한참을 걸었다. 카미노는 어차피 걷는 게 전부인 과정이다. 광활하게 펼쳐진 초원에 흩어져 풀을 뜯는 털빛이 하얀 소들은 게을렀다. 딸랑 딸랑… 어디선가 워낭소

바리의 산 니꼴라스성당

수말라까레기 문은 까미노 순례자들이 팜플로나로 들어서는 문이다

리가 들려오는 것만 같았다.

우리가 도착한 마을은 마치 영화의 한 장면에 등장할 것
만 같은 수비리Zuburi다. 오늘은 이만 멈추기로 했다. 오늘 하
루 21.8킬로미터를 걸었고, 축축한 신발 때문에 발에 물집
이 잡혀 견디기 어려웠다. 나는 내처 다음 마을을 향해 길을
떠나려고 하는 젊은 친구들의 옷깃을 잡았다. 이대로 헤어지
면 다시 만날 기회가 없을 것 같아 밥이라도 먹여서 보내야
할 것 같았다. 그리고 피자와 치킨 윙, 감자튀김, 세르비사
(Cerveza, 맥주)를 앞에 두고 우리는 카톡방을 만들었다. 헤어
짐은 늘 아쉬운 법이지만 만남과 마찬가지로 헤어짐 또한 우
리 인간에게 주어진 숙명이다.

8유로를 내고 들어간 수비리 공립 알베르게에는 파란색
철재로 만든 이층 침대가 놓여 있었다. 침대 사이는 좁았고,
2층에 누운 사람이 뒤척일 때마다 삐걱거리는 소리와 함께
금방이라도 무너질 듯 흔들렸다. 불면의 밤은 3일째 이어지
고 있었다. 기절할 만큼 피곤해도 잠이 오지 않을 수 있다는
걸 나는 처음으로 경험했다.

산티아고 카미노 4일째, 팜플로나Pamplona가 기다리고 있다.
첫 도시다. 수비리로부터 약 20킬로미터를 걸어야 하는 그

길에는 아담한 분위기를 풍기는 마을들이 저마다 독특한 개성을 드러내며 순례자를 맞는다. 나무로 만든 수레바퀴로 담벼락을 장식한 아리아츠 마을을 지났고, 조용히 흐르는 아르가Arga 강과 어깨를 나란히 하며 침묵으로 잠겨 있는 숲길을 지났고, 갑작스레 입을 벌리고 나타나는 터널을 지나갔다. 전 세계에서 온 순례자들이 남긴 낙서와 그래피티로 가득한 터널 벽에는 앞서 다녀간 한국인 순례자들도 절대 빠지지 않아서, 그들이 남겨놓은 흔적을 보며 혼자 웃었다. 사람은 자신의 존재를 나타내기 위해서라면 하지 못할 일이 없는 존재라는 것을 그 흔적들은 말하고 있었다.

이로스 마을에 도착해서 바에 들렀다. 또르띠아Tortilla 한 조각과 오렌지, 혀를 감동시키는 풍성한 식사는 아니지만 어쨌든 배를 채웠다. 감자, 채소, 계란으로 만든 또르띠아는 산티아고 카미노의 대표적인 간식거리기도 하지만 우리 입맛에도 잘 맞는다.

다른 순례자들과는 보통 1킬로미터에서 3킬로미터 거리를 두고 걷는데, 이렇게 중간에 나타나는 마을의 바에서 쉬는 동안 잠시 만났다가 헤어져 걷는 일이 반복된다. 사발디카Zalbaldica를 지날 때는 노랗게 피어 있는 꽃과 잠시 동행을 했고, 부를라다Burlada에 들어설 때는 넓은 밀밭이 먼저 마중을 나와 있었다. 그리고 이곳에서 안드레와 재훈을 만났다.

삼위일체 다리. 13세기에 건축된 울사마강을 가로질러 흐르고 있다.

손을 흔들었다. 하루 종일 홀로 걷다가 이렇게 반가운 얼굴을 만나기라도 하면 나도 모르게 에너지가 솟아오른다. 올라! 사람은 가장 아름다운 자연이다.

로마 시대에 처음 만들어졌다는 아름다운 삼위일체 다리 (puente de la trinidad)를 건너 웅장한 성벽이 감싸고 있는 도시를 향해 걸음을 옮긴다. 두꺼운 석벽으로 속살을 숨기고 있는 도시, 팜플로나는 기원전 1세기경 리베리아 반도를 지배한 로마의 장군 폼페이우스에 의해 건설되었다고 알려져 있다. 이후 이슬람교도와 서고트족에 의해 정복당해 오랫동안 그 문화적인 영향을 받았고, 외부의 침략을 막기 위해 성채를 쌓아 방어해왔던 도시다. 어네스트 헤밍웨이가 오랫동안 머물며 글을 쓰기도 했고, 시드니 셀던의 장편소설 『시간의 모래밭The Sands of Time』의 무대이기도 하다.

시에스타Siesta로 상점들이 대부분 문을 닫아 도시는 적막하다. 길 한 가운데 큼지막하게 그려진 노란 화살표만 보고 걷다가 큰 도시로 들어서고 보니 화살표를 찾는 일도 만만치 않다. 하지만 건물마다 개성 있는 가리비 모양과 파랑 바탕에 노란 화살표를 그려놓아 찾고 만나는 재미가 보물찾기처럼 쏠쏠하다. 화살표를 찾으며 골목길에 접어들자 건물 사이로 모습을 드러내는 대성당, 목적지인 알베르게에 도착했다는 증표다.

알베르게는 마을 중심에 있는 시청 건물에 위치해 있었다. 간절하게 눕고 싶었다. 58명이 이용할 수 있는 규모에 하룻밤 묵는 비용은 7유로, 일회용 침대시트와 베개시트를 준다. 침대 맞은편에는 짐을 놓을 수 있는 공간과 옷가지들을 걸 수 있게 되어 있고, 인터넷, 전자레인지, 세탁기와 건조기까지 갖추고 있어 편의시설이 잘 갖추어진 알베르게라고 할 수 있다.

우체국은 배낭 무게를 줄이기 위해 집으로 짐을 붙이는 순례자들로 늘 붐빈다. 약국에서는 발에 물집이 잡혀 고생하는 순례자들에게 필요한 약과 무릎보호대 등을 구입할 수 있는데, 바르는 연고와 소염제를 사는 데 돈이 많이 들었다. 나처럼 얼렁뚱땅한 순례자가 아니라면 이런 것들은 미리 잘 준비하는 게 좋겠다.

안드레, 재훈과 함께 시내 구경을 나섰다. 라면이 너무 먹고 싶어서 찾아보았지만 결국 찾지 못했다. 중국집을 찾아갔지만 영업시간이 저녁 8시 이후인지라 시청 앞에 있는 바에서 레드와인에 레몬이나 과즙을 섞어 만든 샹그리아 맥주와 다양한 종류의 핀쵸스Pinchos를 먹으며 고단한 하루를 씻어냈다.

이 친구들은 일주일짜리 휴가를 내서 온 탓에 이곳까지만 걷고 돌아갈 계획이었다. 언젠가 다시 돌아와 반드시 완주를 하겠노라며 나를 향해 부러움 섞인 시선을 보내는 그들을 보면서 내가 더 아쉬운 마음이었다. 그들은 적금을 붓듯이 미래의 행복을 저축하고 있는 것일까? 언젠가 그들이 말했던 대로 다시 돌아와 산티아고 카미노를 걷는 날이 있을 것이다. 그렇게 되리라 믿는다.

하지만 우리 삶에서 행복은 저축할 수 있는 것은 아닌 것 같다. 저축했다고 믿었던 행복은 늘 나를 배신하곤 했다. 미래를 위해서 살았던 지나간 삶들은 손에 쥔 모래 알갱이처럼 허망했다. 풍요롭고 행복한 미래의 어느 날들을 준비하기 위해 희생했던 현재의 삶이 정작 얼마나 소중한 것이었는지를 나는 늘 잊고 살았다. 그렇게 20년의 시간들이 사라졌다. 어쩌면 20년이 아니라 평생의 시간들이 그렇게 미래의 행복을 위해 저축한다는 마음자리에서 무화無化하고 말았는지도 모를 일이었다. 그러니 오늘을 행복하게 사는 것으로 하여 행복한 미래가 또한 만들어지는 것은 아닌가 하고 생각했다.

팜플로나 광장은 도시의 규모만큼이나 화려했고 생기가 넘쳤다. 밤거리를 거닐며 이국의 정취에 흠뻑 젖었다가 숙소에 돌아왔을 때, 아뿔싸! 몇몇 한국 사람들이 뒷마당에 모여 컵라면과 와인 파티를 즐기고 있었다. 대학 선후배 사이라는 그들 남녀는 우리를 환대했다. 우리는 마치 오래 사귄 친구처럼 어울려 라면을 먹고 와인을 마셨다. 그토록 먹고 싶어서 거리를 헤매게 했던 라면이 알베르게 앞마당에 있었다. 삶이란, 이런 것이다.

산티아고 카미노를 걷는 것은 배낭 무게를 줄이기 위해 필요가 적은 것부터 하나씩 비우는 과정이다. 버리고 버려서 끝내는 욕심마저도 버리게 되는 길. 하지만 그들이 선물한

라면만은 카미노가 끝나는 날까지 내 배낭 속에 남아 있었다. 유혹을 이기지 못하고 먹어 버릴까봐 배낭 맨 밑바닥에 넣으며 나는 선물로 받은 라면처럼 행복은 먼 곳에 있는 것이 아님을 알 것 같았다.

용서의 언덕에 서서

팜플로나에서 푸엔테 라 레이나까지는 24킬로미터. 가는 길에는 용서의 언덕(Alto del Perdón)이 있다.

서두른다고 했지만 이미 길을 떠난 순례자들이 많다. 보통 새벽 6시부터 숙소를 나서기 시작하는데 오늘은 새벽 5시에 숙소를 나섰다. 순례자들을 대상으로 새벽에 문을 여는 바에서 에소프레소에 따뜻한 우유를 섞은 카페 콘레체Café con leche를 한 잔 주문했다. 인심이 후해서 설탕이 뿌려진 따뜻한 츄로스Churros와 생크림을 함께 내 준다. 진하면서도 부드러운 커피가 채 가시지 않은 피로를 마저 풀어주는 것만 같다. 1유로에서 2유로 정도만을 내면서 이런 대접을 받는다는 게 왠지 모르게 미안해지는 것은 아직 내게도 염치라는 것이 남아 있기 때문일까?

걸어야 할 길은 아직 까마득해서 발과 무릎이 버틸 수 있을지 확신할 수 없다. 팜플로나에서 무릎보호대와 신발 깔창을 구입했지만 신발이 작아서 발이 아팠다. 이중 깔창에 두꺼운 양말을 신어도 괜찮을 조금 넉넉한 신발을 준비했어야 했다. 걷다가 발을 말리느라 신발을 벗게 되면 다시 발을 끼우는 것 자체가 고행이었다. 발이 부어서 잘 들어가지 않기 때문이다. 그랬다. 딱 맞았던 신발, 그 신발이 카미노에서는 작았다.

도시를 빠져나가는 길은 개미굴 같았다. 복잡한 길들을 돌고 꺾으며 벗겨가는 동안 일찍 일어나 활기찬 얼굴로 아침운동을 하던 시민들이 헤매는 순례자를 물끄러미 바라보았다. 그래도 길을 아예 잃지는 않았다. 노란 화살표를 찾았고, 그 화살표가 이끄는 대로 가면 된다. 그러니 잠시 길을 잃더라도 패닉에 빠질 일은 아닌 것이고, 잠시 골목을 어슬렁거리며 헤매는 일도 아주 나쁘지는 않았을 것이었다. 그렇게 헤매는 동안 새로운 무언가를 경험해볼 수 있는 기회를 주기도 하는 법이니, 억지로 헤맬 것까지야 없지만 즐겁게 누리는 것도 괜찮은 거였다. 어차피 나는 그동안 정해진 길에서 벗어나지 않으려 애쓰면서 살아오지 않았던가. 길을 잃고 헤매는 것을 두려워하면서 살아오지 않았던가.

이제 나는 점점 길을 놓치고 헤매는 것을 두려워하지 않게 되었다. 헤맨다는 것은 길을 잃지 않았더라면 만나지 못했을 무언가를 만나는 기회가 되기도 하고, 목표에 도달하는 시간이 조금 더 길어지는 것에 지나지 않는다는 걸 깨닫게 되었다. 오랫동안 헤매고 많은 길을 돌아왔다고 하더라도 가장 중요한 것은 바른 길, 내가 가야 할 길을 가는 것이기 때문이다.

도시를 빠져나가니 누렇게 익어가는 밀밭의 파도였다. 산은 보랏빛으로 아스라하게 멀었고, 나지막한 구릉이 둥글둥글 흘렀어도 눈에 닿는 곳까지 밀밭이었다. 노란 파스텔 물감으로 색칠한 밀밭과 파란 하늘과 흰 구름들이 조화를 이루며 평화로웠다.

하지만 이런 완벽한 아름다움도 오래 가지는 못했다. 태양은 불탔고, 건조했고, 목이 말랐고, 그늘조차 없었다. 그토록 완벽했던 풍경들이 이제는 지루한 다큐멘터리처럼 펼쳐져 이어지고 있었다.

사실 아름다움은 지극히 주관적인 판단 가치에 속한다. 여름휴가로 경치 좋고 한적한 섬에 갔을 때 우리는 어떻던가? 번잡한 도시에서 벗어났다는 해방감과 함께 아름다운 자연에 감탄을 아끼는 사람은 적다. 하지만 그곳을 삶의 터전으로 삼고 있는 이들 또한 그런가? 그들에게 아름다운 자연 풍

시수르 메노르의 평원

알토 델 페르돈 바에서

용서의 언덕에 있는 순례자를 의미하는 철로 만든 기념조각상

광은 더 이상 감동적이지 않다. 어쩌면 그 아름다운 바다가 세상과 자신을 격절하는 벽으로 느껴질 수도 있다. 방문자에게 타클라마칸은 웅장한 대지의 힘을 느낄 수 있는 비지秘地일 수 있으나 그곳에 터 잡아 사는 이들에겐 가혹한 황사바람이 몰아치는 모래와 자갈밭에 불과할 수도 있는 것. 따지고 보면 아름다움은 시각적 생경함에서 오는 일종의 호기심에 불과할지도 모르겠다는 생각이 문득 들었다.

밀밭을 좌우로 거느리고 길은 끝없이 풀어져 아득했다. 끝나지 않을 것 같았던 길들을 다 접었을 때 바람개비들이 줄을 지어 늘어선, 높게 기어오르는 능선이 시야에 들어왔다. 능선 위에 위풍당당한 모습으로 버티고 서서 전기를 만들어내는 바람개비, 돈키호테가 이곳에 있었더라면 저 바람개비들에게도 한판 붙자고 달려들었을까? 실없는 상상을 품었던 그 언덕은 페르돈Perdón 봉우리라 했다. 바로 용서의 언덕이다.

용서의 언덕을 넘기 위해서는 가파른 자갈길을 걸어야 한다. 미움, 분노, 아픔을 모두 내려놓으라는 용서의 언덕. 그러나 나는 아무런 생각도 할 수가 없었다. 그저 다리를 움직여 로봇처럼 길을 접고 있을 뿐이었다.

지금에야 생각해본다. 천천히, 아주 천천히 걸어야 하는 길이었다. 욕심, 욕망을 털어내고, 시기 질투 미움을 내려놓고, 분노를 식히며 아주 천천히 걸어야 하는 길이었다. 등에 메고 있고 있는 배낭보다 무거운 삶을 짊어지고 용서의 언덕을 넘을 때, 어쩌면 그것은 행운이었을 것이다. 달라이 라마는 말했다. 용서는 누군가에 대해 베푸는 것이 아니라 자기 자신에게 주는 가장 큰 자비이며 사랑이라고.

용서는 나로 하여금 절망으로부터 지켜주는 힘이고, 진정한 행복과 평화에 이르도록 하는 수행이다. 카미노를 걷는 것은 나 자신을 얽어매고, 옥죄고, 짓누르는 그 모든 것들과 결별하는 과정이었다. 그리고 그 열쇠는 바로 용서였다.

길은 내가 욕망하던 것들의 부질없음을 깨닫게 하고 '참나'를 찾는 길을 드러내 보여준다. 그동안 욕망해왔던 모든 것들에 집착하고 갈구하기 이전에 먼저 나 자신을 진정으로 사랑해야 한다고 가르친다. 누가 말했던가? 가장 무서운 죄악 중 하나는 자기 자신을 믿지 않고 사랑하지 않는 것이라고.

그동안 나는 한 번도 '참나'가 진정으로 필요로 하는 것이 무엇인지, 원하는지 알고 싶어 하지 않았다. 맛있는 음식을 먹고 화려한 옷을 입는 것으로 나를 사랑해 주고 있다는 커다란 착각 속에서 살았다. 사실 그것은 다른 사람들에게 나를 보여주기 위한 껍데기 삶에 불과했던 것이다.

비로소 나는 마음 깊숙한 곳으로부터 들려오는 나 자신의 목소리를 들었다. 나를 얽어매고 있던 쇠사슬들이 끊어졌을

용서의 언덕에 있는 이정표와 풍차

때의 해방감, 용서의 언덕 위에서 나는 바로 그런 해방감을
느꼈다. 그리고 앞으로 이어질 내 삶에서 그런 해방감이 진
정한 평화와 행복으로 승화되기를 기도했다.

용서의 언덕 위에는 수많은 풍력발전기들이 서 있다. 언덕
을 올라갈수록 바람도 강해진다. 풍차 날개들이 돌아가면서

토해내는 소리가 바람을 부르고 바람은 더 힘을 내서 날개를 돌린다. 나는 바람 속으로 들어간다. 이제 용서의 언덕은 바람의 언덕이다. 서늘한 바람이 따갑게 내리쬐는 햇볕을 꺾고 부숴 가슴속까지 시원하다.

용서의 언덕에 서 있는 이정표는 알려준다. 'Seul 9700km'. 알고 싶었던가? 내가 떠나온 곳이 얼마나 멀리 떨어져 있는 곳인지? 숫자는 아득하기만 해서 현실감이 들지 않았다. 나는 용서의 언덕 바람 속에 서 있었고, 내가 떠나온 곳에서는 두고 온 사람들의 삶이 여전히 이어지고 있을 것이었다.

아스라한 산 능선을 배경으로 철판으로 만들어진 당나귀와 순례자들이 길을 걷고, 오색의 작은 깃발들이 바람 속에서 운다. 오랜 세월 동안 이 언덕 위에서 순례자들을 맞이했고 떠나보냈을 당나귀, 개, 그리고 지친 순례자들…. 손목에 끼고 있던 팔찌를 벗어 쥐고 이정표 아래에 돌탑을 쌓았다. 기도했다. 용서할 수 없는 일이란 게 무엇이 있으랴. 번다하던 생각들이 한 순간 끊어졌다.

푸드 트럭 옆에 놓인 작은 테이블에 앉아 직접 갈아주는 오렌지 주스를 주문해 마시며 삶이 한동안 달고 진했다. 순례길을 걷는 일은 고통을 견디는 것이지만 그 와중에서도 행복한 시간이라면 이렇게 푸드 트럭에서 먹을거리를 사먹는 거였다. 달콤한 오렌지 주스를 마시며 아득하게 풀어지고 스러지는 스페인의 대지를 바라보았다. 걸어왔던 길들을, 지나쳤던 하늘을 오래도록 바라보았다. 나도 모르게 가슴속에서 울컥, 뜨거운 것이 치밀었다. 꿈만 꾸었던 곳, 사진과 영상으로만 보았던 곳에 내가 앉아 있었다. 표현할 수 없는 감정이 들끓었다. 처음 느껴보는 감정이었다. 묘한, 그러나 영원히 잊을 수 없을 것 같은 순간이었다.

그때 뒤쪽에서 웅성거리는 소리가 들려왔다. 영국에서 온 친구와 폴란드 친구들이었다. 우린 반갑게 서로 포옹하며 반가움에 겨워 소리쳤다.

"부엔 카미노!"

이틀 동안 앞서거니 뒤서거니 하면서 함께 걸었던 카미노 친구들이다.

카미노 초반에는 함께 출발하는 사람들이 많아서 줄을 지어 걷기도 하지만 차츰 홀로 걷는 시간이 많아진다. 그렇게 홀로 걷다보면 사람들이 그리워진다. 그러고 보면 사람이란 참 이상한 존재가 아닐 수 없다. 홀로 있을 때는 함께 걷는 사람들이 그립고 그 반대 상황이 되면 홀로 걸으며 사색에 잠기는 시간이 목말라지기도 하니 말이다.

산티아고 카미노에는 이런 속담이 있다.

'하루를 함께 걸은 사람은 1년을 함께한 사람과 같고, 이틀을 함께 걸으면 3년을 함께한 사람과 같으며, 3일을 넘게

걸은 사람은 평생을 함께한 사람과 같다.'

힘든 시간을 함께 보내며 쌓는 동지애라는 게 그만큼 크다는 의미이리라. 함께 걸으면서 겉으로 보이지 않는 내면의 아픔까지도 서로 나누게 되는 것인가 보다. 하여, 순례자들은 홀로 걷지만 함께 걷는다. 길을 걷다가 만나는 바에서 인사를 나누고, 서로를 반갑게 꼭 안아주고, 안부를 묻는다.

성당에 들러 약소하지만 기부금을 내고 크레덴샬(순례자여권)에 마을의 상징이 새겨진 도장을 찍는다. 찍은 도장이 늘어갈수록 모두 채우고 싶다는 욕심이, 의욕이, 아니 의지가 커진다. 푸엔테 라 레이나Puente de la reina 마을은 9킬로미터 앞에 있다.

길은 이제 내리막이다. 자갈이 깔린 내리막길은 무릎에 부담을 많이 주는 탓에 고통스러웠으나 무릎보호대 덕분에 그럭저럭 견딜 만은 했다. 하지만 등산화가 아닌 트레킹화를 신은 게 문제였다. 발바닥과 발가락으로 날카로운 통증이 파고들었다. 조금 과장해서 찬물에 발을 담그면 치익- 소리가 날 것처럼 뜨거웠다.

힘겹게 언덕을 내려와 평지에 다다르자 순례자의 무덤이 보인다. 길을 걷다보면 중간 중간 희생자들을 기리는 표시를 자주 볼 수 있는데, 작은 성모 마리아상과 사진 한 장이 놓여 있다. 그는 어떤 사람이었을까? 하고 잠시 생각했다. 어떤 생각을 하며 이 길을 걸었고 무엇을 얻었다고 믿으며 눈을 감았을까?

무덤 옆에서 팔고 있는 체리를 사서 씻지도 않은 채 입에 넣었다. 표현할 수 없는 맛으로 허기진 세포들이 깨어났다. 석양을 마주 안아 주황색으로 빛을 뿜는 에우나테Eunate 성당은 벌판에 홀로 서 있었고, 마을까지는 여전히 멀었다. 지구 반대편에서 날아온 여행자의 눈으로도 이제 길들은 눈에 익었다. 사람이 살아가는 모습은 다 한 가지였고 이제 마을까지는 5킬로미터를 더 걸어야 했다.

마을은 활기가 넘쳐 보였다. 미로처럼 구불거리는 골목길에는 돌로 지은 고풍스러운 집들이 늘어서 있었고, 지붕들 위로 텔레비전 안테나가 기이한 풍경을 만들며 서 있었고, 나무와 나무 사이에서 빨래가 마르고 있었고, 먼저 도착한 순례자들이 골목 테이블에 앉아 시원한 맥주를 마시며 휴식을 취하고 있었다.

마을 이름은 푸엔테 라 레이나였다. '여왕의 다리'라는 뜻이라는데, 이런 이름이 붙게 된 것은 순례자들이 거칠게 흐르는 아르가 강을 건널 수 있도록 카스티야Castilla 왕국 산초 3세(Sancho III)의 왕비가 후원해서 만들어진 다리이기 때문이다. 산티아고로 가는 길에서 가장 아름다운 다리로 유명하다든지 하는 말은 무용하다. 배가 고픈 이에게는 한 조각 빵이 아름답고 마음이 아픈 이에겐 따뜻한 말 한마디가 고마운 법. 다리는 서로 떨어져 있는 존재를 이어주는 것으로 이미 아름답다.

그렇다. 다리는 서로 헤어져 있는 땅을 이어주는 존재다. 카미노에서는 순례자들의 걸음을 이어주는 존재다. 그렇다면 사람과 사람에는 무엇이 있어 서로가 이어질까?

연민이 아닐까 생각한다. 불가에 자비무적慈悲無敵이라는 말이 있듯이 다른 존재를 측은하게 여기는 마음이 있어 비로소 사람다움이 완성되는 것은 아닐까 싶었다. 내 마음에 들지 않는다 하여 담을 쌓고 편을 가르며 살아 왔던 지난날들을 생각해보자면 푸엔테 라 레이나를 건너면서 오아시스가 있어 사막이 아름답듯 다리가 있어 강은 더욱 아름다워지는 것은 아닐까 하고 생각했다.

침묵의 밀밭

끝없는 욕망과 신을 향한 도전처럼 하늘로 치솟아 오르는 빌딩도, 분주하게 오가는 자동차 소음도, 어깨를 부딪치는 인파도 없는 곳. 없는 곳 없는 곳 없는 곳. 미세먼지 대신 맑은 바람이 흐르는 곳. 나는 걷고 있었다. 컴퓨터 바탕화면에서 빠져나온 듯한 풍경이 펼쳐져 있었고, 파란 하늘을 유영하는 흰 구름은 시시각각으로 모습을 바꾸며 한가로웠다.

에스떼야Estella에서 로스 아르꼬스Los arcos까지 이어진 22 킬로미터를 오늘 걸어야 한다. 마을을 벗어나 한 시간 정도 숲길을 걸으면 이라체수도원이 있다. 풍경은 아름다워서 마음은 나비 날개처럼 나풀거리고 기대에 부푼 걸음은 가볍다. 와인을 좋아하는 사람이라면 더욱 걸음이 가벼울 것 같다. 이곳에는 유명한 두 개의 수도꼭지가 있는데, 왼쪽 수도꼭지에서 와인이… 나오는 곳이기 때문이다.

본래 순례자병원으로 쓰일 때 지나가는 순례자들에게 빵과 와인을 나누어 주던 전통을 되살려 지금은 와인 공장에서 순례자들에게 와인을 무료로 제공하고 있다고 한다. 공짜라니… 당연히 줄을 서서 기다려야 할 정도로 유명하다. 물병에 와인을 담아가기도 하는 이들이 있어서 늦으면 와인이 떨어져 실망할 수도 있다. 운이 좋은 나는 가리비껍질을 잔으로 삼아서 붉고 진한 와인을 맛볼 수 있었다.

사실 스페인은 와인이 물처럼 흔하기도 하지만 등급을 매기지도 않는 나라다. 지역에서 만든 와인을 마을 주민들이 먼저 마시고 남은 걸 판다. 콜라보다 싸다. 맛은? 한국에서 마셔보았던 어떤 고급 와인만큼이나 훌륭했다. 어쩌면 한국에서는 와인을 맛이 아니라 이미지로 마시고 있는 건 아닐까 하는 생각도 잠시 들었다. 어쨌든 수도꼭지에서 와인이 나온다니…. 술꾼이라면 카미노를! 와인을 마신 탓인지 길은 가깝고, 세상은 평화롭고, 아름다웠다.

비야마요르 데 몬하르딘Villa mayor de monjardin은 산꼭대기에 있는 마을이다. 마치 중세의 성 같다. 벽돌로 장식된 바로크 탑과 성당이 유명하고 로마네스크양식으로 지어진 성당에는 12세기에 제작된 은제 십자가가 보관되어 있다.

마을 입구에 있는 벤치에 자리를 잡고서 배낭에 다리를 올

려놓은 채로 하늘을 보며 누
웠다. 뜨겁게 달아올랐던 발
바닥의 열기가 살랑살랑 불어
오는 바람에 식었다. 그대로
한숨 자고 싶지만 바셀린을
발라 발바닥 통증을 달래줘야
한다. 물집이 터졌던 자리에
다시 물집이 잡히고 있었다.
쉬면서 발을 말려줘야 하지만
아직은 가야 할 길이 멀었고
시간은 넉넉지 않았다. 다음
마을인 로스 아르꼬스까지는
아직도 12킬로미터를 더 걸어
야 하고, 중간에 마을이 없어

보데가스 이라체 양조장에서 제공하는
와인이 나오는 수도꼭지

서 마실 물도 충분히 챙겨야 한다. 이동식 바를 만날 수도 있
지만 그래도 미리 준비를 해 두는 게 좋다.

　허기가 밀려와 마을 끝자락에 있는 돌로 지어진 작은 바에
들러 애플파이와 콜라를 주문했다. 애플파이는 너무 단맛이
강해서 오히려 갈증을 부추긴다. 가야 할 길을 생각해서 전
부 먹어치우기는 했지만 이후로는 먹을 생각도 하지 않았다.

　바에는 길고양이들이 서성거렸다. 한국의 길고양이들은

몬하르딘 산 에스떠반 데 데이오 성. 이 성은 14세기에 보수되어 현재 복원작업 중이다.

로스 아르꼬스 산 안트로스 사도 성당. 대형 십자가가 은으로 만들어진 상자에 보관된 곳이다.

경계심이 매우 강하지만 이 마을에 살고 있는 고양이들은 다르다. 사람을 피하는 대신 마치 먹을 것을 달라고 애원하는 눈빛이다. 카미노를 걷는 동안 나는 고양이와 음식을 나누어 먹거나 빵을 넉넉히 사서 주기도 했다. 집에서 키우는 고양이로 인해 길에서 떠도는 그 아이들이 예사롭게 보이지 않았던 것이다.

이제 휴식을 접어야 할 시간이었다. 쉬는 동안 무념으로 바라보는 풍경은 평화로웠고, 고적했고, 어쩌면 비어 있는 것 같았다. 이제 이 길을 계속 접어가노라면 나무들이 줄을 맞춰 열병하듯 서 있는 숲들이 있을 것이고, 그늘 한 점 없는 포도밭과 밀밭 사이를 지나가게 될 것이고, 흙먼지 풀풀 날리는 길이 끝없이 이어질 것이었다.

그토록 아름다웠던 풍경이 이제는 단조롭고 지루했다. 내 발자국 소리가 유난히도 크게 울렸다. 뫼비우스의 띠처럼 길은 끝없이 반복되고 있었다.

우리의 삶도 그러하다. 매일 매일의 일상은 산티아고 카미노의 밀밭길, 포도밭길과 별로 다를 게 없다. 지루함을 견디기 위한 삶이라고 규정하는 이들까지도 있다. 일본의 젊은 철학자 고쿠분 고이치로라면 아마도 "나는 지루하다, 고로 나는 존재한다."고 했을지도 모르겠다. 그는 책을 쓰면서

'인간은 언제부터 지루해 했을까?'라는 명제로 '지루함'을 현대인들의 존재 조건이자, 철학의 근본 물음으로 삼고 있으니 말이다.

하지만 이 말에 선뜻 동의하지 않는 사람들도 적지 않을 것이다. 그들은 지루할 틈조차 없다고 대답하지 않을까 싶다. 사실 대부분의 사람들은 한가할 틈조차 없이 살고 있다. 공부하느라, 취업 준비하느라, 일하느라, 나이가 들어서조차 돈 벌고 손주를 봐주느라 바쁘니 말이다.

하지만 그런 껍데기를 벗기고 보면 '인생은 지루한 것'이라는 느낌이 엄습한다. 그래서 한순간도 스마트폰과 컴퓨터에서 떨어지지 못한다. "쉬고 싶다, 피곤하다!"를 입에 달고 살면서도 정작 약간의 빈 시간조차 채우지 못해 안달한다. 그렇게 바쁘게 살면서도 인생은 늘 심심하고 재미없고 공허하다. 그래서 '화끈한 소식'을 찾아 인터넷을 뒤지고, 페이스북에 들락날락하는 것이다.

사람들은 '몰두하고 열중할 것'을 찾고 이를 통해 기분을 전환하고자 하지만 몰두할 것이 과연 '욕망의 대상'이고 '욕망의 원인'일까? 지루함에서 벗어나는 것, 즉 기분전환을 추구하는 인간은 흥분을 원하며, 그 자극은 괴로움과 부담을 감수하는 것으로 나타난다.

이리 저리 떠돌며 유목생활을 하던 인류는 지루할 틈이 없

끝없이 이어지는 자갈길과 밀밭길

었다. 옮겨간 낯선 지역에서 살아남기 위해서는 끊임없이 주변환경에 대한 정보를 탐색하고 신호를 해석하며 안전을 도모하고 위협을 극복해야 했기 때문이다.

파스칼은 "인간의 모든 불행은 단 한 가지, 고요한 방에 들어앉아 휴식할 줄 모른다는 데서 비롯한다."고 했고, 피에르 쌍소는 『느리게 산다는 것의 의미』에서 한가로이 거닐기, 다른 이의 말과 다른 소리들을 듣기, 권태에 빠지기, 꿈꾸기, 기다리기, 마음의 고향을 떠올리기, 글쓰기, 포도주에 빠져보기 등을 권유했었다. 결국, 아무것도 하지 않을 자유, 깊은 사색에 빠질 수 있는 시간, 게으르게 웃고 먹고 마시고 즐길 권리를 스스로에게 허락하라는 것이다. 그리고 나는 산티아고의 밀밭 길을 걸으며 오래도록 지루함을 누리고 있었던 것이다.

산티아고로 가는 길을 걷다보면 우리 삶의 길과 너무나도 흡사하게 닮아 있다는 생각을 그칠 수 없다. 갑작스레 높고 가파른 언덕과 마주하게 되는가 하면 끝없이 펼쳐져 있는 광활한 벌판 속으로 아득하게 사라지는 길도 만난다. 나는 그저 언제 끝나게 될지 알 수는 없지만 언젠가는 이 길에도 끝이 있으며 그때까지는 묵묵히 걸을 수밖에 없다는 걸 안다. 또한 평탄한 길을 걷는 게 때로는 언덕을 오르는 것보다 더 힘겹게 느껴지기도 하고 오르는 것보다 내려가는 길에서 몸뚱이가 더 큰 비명을 지른다는 것도 깨닫게 된다.

매순간 삶만큼이나 배낭이 무거웠다. 그 무게는 어깨를 짓누르고 허리로부터 다리 그리고 발바닥까지 이어진다. 그런데 희한하게도 잠을 자고 일어나면 발의 통증도 괜찮아진다는 거였다. 볼테르가 "신은 현재 여러 근심의 보상으로 희망과 잠을 주었다."라고 했던 것처럼 잠은 낭비되는 시간이 아니라 에너지를 채우고 몸을 회복시키는 매우 소중한 시간이었고, 새벽에 일어나서 하루 종일 걷고 밤 10시에 잠자리에 드는 규칙적인 일과가 카미노를 걸어낼 수 있는 힘의 원천이다. 어쩌면 우리가 평생을 살아갈 수 있는 에너지원은 잠이 만들어내는 것인지도 모르겠다. 무위無爲, 아무것도 하지 않는 것이 실상은 아무것도 하지 않음이 아니라는 역설은 아닐까?

삶에서 잠시라도 소홀히 해도 좋은 시간은 없다. 한 번뿐인 삶이고, 한순간 한순간이 모두 소중한 시간이다. 그렇다고 해서 꼭이나 물질적 이익이나 사회적 지위나 명망과 관계된 일을 해야 한다는 의미 또한 아니다. 눈에 보이고 결과로 나타나는 일만을 중요하다고 말할 수는 없는 법이다. 삶의 의미는 그 무엇에서든 찾을 수 있는 거라고 믿는다.

사람마다 살아가는 의미가 다르고 추구하는 행복의 형태

나 목적도 다른 법이다. 겉으로 드러나는 부분을 중요하게 여기는 사람이 있는가 하면 내면의 성취에 더 에너지를 쏟는 이들도 있다. 그럼에도 불구하고 다른 사람의 기대나 시선을 의식해 나답지 않게 살아가면 안 된다고 생각한다. 그저 알아주는 사람이 없더라도, 당장은 손해를 보는 것 같더라도 내 삶의 가치를 높이는 데 최선을 다 해야 한다고, 나는 길을 걸으며 다짐했다.

침묵의 밀밭을 지나자 로스 아르꼬스Los arcos 마을이 보였다. 15세기와 16세기를 거치면서 카스띠야Castilla 왕국과 나바라Navara 왕국의 경계에 위치해 세금을 면제받음으로써 상업을 통해 부를 축적했던 마을이다.

한눈에 들어오는 산타마리아성당과 카스띠야 문은 아름답다. 성당으로 이어지는 작은 다리에서 바라보는 마을은 영화의 한 장면 같았고 하늘에는 하얀 구름이 흐르고 있었다.

카미노의 하루살이 인생

비아나Viana는 로스 아르꼬스에서 19킬로미터 거리에 있다. 오늘도 이른 새벽에 길을 나선다. 마흔을 넘긴 나이에 이른 새벽에 졸린 눈을 비비며 일어나 하루 종일 길을 걷는 하루는 꽤 버겁다. 발가락에 물집이 잡혀 오래 걷는 게 무리였고, 1년 전 봄에 검도를 배우면서 아킬레스건이 파열됐던 왼쪽 발목의 통증도 심했다.

카미노에서 내 발은 늘 퉁퉁 부어 있었다. 휴식을 취하면서 관리를 해야 했지만 새벽이 되면 나도 모르게 배낭을 챙겨 어깨에 짊어지고 있었다.

걷다가 통증이 심해지면 잠시 걸음을 멈추고 신발과 양말을 벗고 발을 말리며 쉬었다. 문제는 다시 신을 신으려고 할 때였다. 발이 부어서 신에 발을 끼우는 것 자체가 힘들었고 발가락 마디마디 송곳으로 찌르는 듯한 통증이 밀려왔다. 간신히 신을 신고 걸음을 떼지만 1킬로미터 정도를 걸을 때까지는 발바닥과 발뒤꿈치로 파고드는 통증 때문에 '내가 지금 무슨 짓을 하고 있는 거야?' 라는 생각에 눈물을 삼키며 걷기도 했다. 심지어 발바닥에 물집이 생겨 터진 곳에 또 다른 물집이 잡힌다. 그런 와중에 30킬로미터 넘게 걸어야 하는 날이면 고무 밴드를 사용해도 참을 수 없을 정도여서 또다시 나도 모르게 눈물이 터졌다.

남자들이 하는 군대 얘기를 들어보면, 가장 힘든 훈련으로 행군을 꼽는 걸 들었다. '걷는 게 뭐가 힘들다고….' 그때는 그다지 공감이 되지 않았다. 그런데 산티아고를 향해 걸음을 옮기면서 걷는 것이야말로 고행이라는 게 공감이 갔다.

어깨에 걸려 있는 배낭은 적게 잡아도 10킬로그램이 넘는다. 스페인의 뜨거운 태양 아래 무거운 배낭을 짊어지고 하루 종일 걷는 것은 나 자신과의 싸움이다.

순례자들은 대부분 대도시인 로그로뇨Logroño까지 더 걸어서 일정을 접는다. 카미노에서는 몸이 힘들더라도 중간에 쉬게 되면 왠지 다른 사람들보다 뒤처지는 느낌이 들어서 머뭇거릴 수가 없는데, 비아나Viana에서 로그로뇨까지는 9킬로미터나 더 걸어야 한다. 그렇게 되면 바도 알베르게도 없는 길을 두 시간 반 넘게 더 걸어야 하고, 도착하면 오후 3시 반이 넘는다. 발가락 통증도 문제지만 잠자리가 걱정이었다.

무리하지 않기로 했다. 비아나에 오후 1시까지만 도착하면 잠자리 걱정은 하지 않아도 괜찮다. 포도밭이 펼쳐진 들판을 뚫고 이어진 평탄한 길을 한 시간 반쯤 걸었을 때, 멀리 산솔Sansol 마을이 눈에 들어왔다. 평원처럼 보이지만 해발 5백 미터 높이에 세워진 마을인데, 눈앞에 펼쳐지는 멋진 풍광을 누리며 마을로 들어가면 우뚝 솟아 있는 성당이 눈길을 끈다.

<<<<< Tip >>>>>

산솔은 산 소일로 수도원의 영지로 마을과 수도원, 성당의 이름은 순교한 코르도바 출신의 성인 산 소일로에서 유래되었다. 그의 유해는 현재 까리온 데 로스 꼰데스Carrión de los condes 수도원에 보관되어 있으며, 재앙을 물리친 성인으로 전해지고 있다.

교황 요한 17세는 메뚜기 떼로 인해 재앙을 겪고 있던 산솔 마을로 로마인 그레고리오를 보냈다고 전한다. 그는 사람들에게 기도하고 참회하도록 한 뒤에 성물을 들고 행진하면서 메뚜기들을 한 곳으로 모았고, 기둥 모양으로 모인 메뚜기 떼가 하늘로 날아가 사라졌다고 한다. 얼마 후에 그레고리오는 병에 걸려 로그로뇨 근처에 죽었다. 그의 시신을 싣고 가던 노새가 멈춘 곳에 산 소일로성당(Iglesia de San Zoilo)을 지었는데, 이 성당에는 은으로 만든 함에 성인의 두개골을 보관하고 있다. 매년 5월에 성인의 두개골 위에 물을 흐르게 하는데, 이 물을 들에 뿌리면 메뚜기 떼의 재앙을 겪지 않는다고 한다.

17세기 후기 바로크 시대의 석조 건물로 아름다운 로마네스크양식의 십자가상과 합창단 석에 위치한 거대한 성 베드로상이 있으며, 성당의 외부에는 사각형의 높은 기둥과 종이 있다.

산솔 마을을 지나쳐 계속 걸었다. 약 1킬로미터 정도 걸으면 또레스 델 리오Torres del Rio 마을이다. 마을 입구엔 대개 돌다리가 있는데, 리오Rio는 강이란 의미다. 또레스 마을을 지나자마자 수많은 돌 위에 소원을 적은 종이들이 눈에

산솔 마을

띄었다. 바람에 날리지 않도록 작은 돌로 눌러 놓은 그 종이에는 무사히 순례를 마치도록 해달라는 마음이 담긴 순례자들의 기원이 적혀 있다. 산티아고 카미노가 아니더라도 어느 나라든 곳곳마다 소원을 비는 이와 비슷한 상징물이 많은 것을 보면 어떤 전능한 존재에 위탁하고 기대고 싶어 하는 사람들의 마음은 다 같은가 보다. 나 또한 두 손 모아 기도하고 돌을 하나 올려놓으며 무사히 순례를 마칠 수 있도록 해달라고 기원했다.

잠시 후 푸드 트럭 주인아저씨가 인사를 건넸다.

"안녕하세요, 감사합니다."

내가 한국 사람인지 어떻게 알았을까? 하고 생각하다가 문득 깨달았다. 산티아고 순례에 나서는 아시아인들 중 대부분이 한국 사람들이기 때문이다. 일본인들은 거의 만나기가 어렵고, 그건 다른 아시아인들도 마찬가지다. 왜, 나를 비롯한 한국인들은 걷는 걸 좋아할까? 제주올레길, 지리산 둘레길, 길 길 길들….

가끔은 마을과 마을 사이에 10, 15킬로미터 정도 황량한 땅들이 나타난다. 바조차 찾을 수 없는 이런 구간을 걸을 때는 사전정보가 필요하다. 식수도 충분히 준비해야 하고 먹을거리도 챙겨야 한다. 미리 준비하지 않고 이런 구간에 들어서게 되면 그야말로 악전고투할 수밖에 없다.

그렇게 악전고투하며 우리는 무엇을 얻기 위해 걷는 것일까? 조금씩 답이 찾아지고 있다. 아마도 비워내기 위해서가 아닐까 싶었다. 몸도 배낭도 가능한 더 많이 비우고, 더 많이 버려야 걸을 수 있는 곳이 바로 카미노다. 갈증과 허기를 견디며 15킬로미터를 걸어야 하는 고통스러운 시간 속에서 나는 더욱 깊어진 자아의 어떤 존재를 느꼈다.

진정한 순례에는 어제가 없다. 내일도 없다. 걷고 있는 그 순간만이 존재한다. 오늘 하루를 무사히 걸어 삐걱거리는 구닥다리 철제 침대에 지친 몸을 눕힐 수 있으면 된다. 카미노는 하루살이 삶을 보여주는 하나의 상징극 같다. 종일 걷다가 알베르게에 도착해 지친 몸을 비좁은 침대에 눕혀 내일의 순례를 위해 쉬는 하루살이다. 그리고 매일 아침이면 나는 다짐을 한다. 그래, 오늘만 걷고 내일부터는 무조건 쉬자고. 오늘까지만 걷고 내일은 그만두자고….

늘 오늘이 마지막이라는 생각으로 걸었다. 내일 걱정은 내일 하면 된다고 생각했다. 내일의 삶을 내려놓을 수 있다면, 내일을 기대할 수 없는 하루살이처럼 살 수만 있다면, 나는 오늘 하루를 얼마나 멋지게 살아 갈 수 있을까 하고.

처음 며칠은 하루에 길면 30킬로미터, 짧게는 20킬로미터 정도를 걸어야 한다. 그리고 하루살이처럼, 오늘만 걷고 그만두겠다는 마음으로 마흔 네 번째 생일날 산티아고 순례길 800킬로미터를 완주했다. 산티아고는 온전한 발과 다리를 가지고 있음에 감사하도록 가르쳤고 소중이 여기도록 해 주었다. 그리고 이 두 발로 원하는 곳 그 어디든 갈 수 있다는 자신감을 채워 주었다. 끝없이 무언가로 채우려는 탐욕이 물러선 마음자리에 그런 것들이 들어와 앉았다.

길은 비우게 만든다. 어느 여행작가는 1년간 15킬로그램의 배낭을 메고 세계 구석구석을 여행한 뒤에 집으로 돌아왔을 때, 문득 집안을 가득 채우고 있는 것들을 보면서 이런 생각을 했다고 한다. '15킬로그램짜리 배낭으로 1년을 살면서도 부족함을 몰랐었는데, 그동안 왜 자꾸 집안에 무언가를 채우려고 했을까?'하고. 그리고 일상에서도 비우기 위한 노력을 하고 있다고 했다.

실제로 소중한 것들은 내가 채우고자 했던 물건들이 아니었다. 나를 씩씩하게 걸을 수 있게 해 준 발바닥과 다리였다. 사람의 발목과 발은 52개의 뼈로 이루어져 있다고 하는데, 그중 발가락은 28개의 크고 작은 뼈들로 이루어져 있다고 한다. 그 뼈들이 우리 몸의 무게를 지탱하고 균형을 잡을 수 있도록 해 준다. 카미노를 걷는 동안 나는 그 28개 뼈 하나하나마다 고문이라도 당하는 것처럼 느껴지는 통증을 견뎌야 했다. 그리고 그런 고통을 느꼈던 것은 산티아고가 처음도 아니었다.

　나는 25년을 백화점에서 일했고, 육체 어느 곳보다도 발에 커다란 무리를 주는 일들이었다. 어쩌면 나는 발바닥의 힘으로 살아왔던 것이고, 산티아고는 그것을 깨우치도록 해주었다.

　또레스 델 리오 마을을 지나 비아나까지 10.5킬로미터. 흙길이 끝없이 이어진다. 무념이고 무상이다. 자동 로봇처럼 발이 움직여지는 대로 길을 간다. 사위四圍는 고요하고 햇볕은 뜨겁다. 순례자들은 제각각 홀로 걷고 있다. 나지막한 오르막 내리막길 옆으로는 주렁주렁 열매를 달고 있는 올리브 나무가 서 있다. 맛을 보고 싶다는 생각조차 멀어서 그저 바라볼 뿐이다.

　오늘의 목적지는 나바라Navarra 지역의 비아나. 포도주로 유명한 순례길이다. 스페인의 오래된 마을들은 대부분 언덕 꼭대기에 있고 마을 중앙에는 높은 첨탑을 뽐내는 성당이 있다. 비아나 역시 그렇다. 마을이 눈에 들어와도 길은 멀다. 시각적인 착각으로 인해 생각보다 오래 걸린다. 그러니 다 왔다고 생각해서 걸음을 서두르지 말아야 한다. 우리네 삶에서도 그렇지 않던가. 성공이 눈앞에 있다고 생각했을 때가 가장 위험할 때다. 성공을 맛보기 시작했을 때 발이 땅에서

비아나 산타마리아성당.
산티아고에게 바치는 봉헌화가
보관되어 있다.

비아나 와인 축제

떨어지면 나락으로 추락하게 된다.

길은 아름다웠다. 재주만 있었다면 자리를 잡고 앉아 화폭에 옮기고 싶은 풍경이지만 걸음은 오히려 빨라진다. 숙소를 잡으려면 두 시 전에는 들어가야 하는데, 안트로스 무뇨스 무니시팔(Municipal, 공립) 알베르게를 찾기까지는 조금 애를 먹었다. 골목에 숨어 있는 알베르게를 찾느라 순례자들을 붙잡고 묻고 물었던 기억이 선명하다.

오후 1시, 돌로 바닥을 깐 입구를 지나 알베르게에 들어가니 내게 주어진 침실번호는 37번. 수용인원이 46명이어서 조금만 늦었더라면 숙소를 잡을 수 없을 뻔 했다. 알베르게에서는 무조건 금연이고, 요금은 8유로였다. 참고로, 시트 비용은 숙박비에 포함된 곳도 있지만 추가요금으로 1유로를 요구하는 곳도 있다.

알베르게는 시원했다. 여러 번 시도한 끝에 벽에 붙어 있는 와이파이 패스워드로 스마트폰을 연결하고 짐을 풀었다.

스페인은 축제의 나라다. 주말이면 도시마다 축제가 벌어진다. 도시 규모에 따라 당연히 축제 규모도 커지거나 작아진다. 비아나는 와인으로 유명한 마을이지만 아쉽게도 축제가 이미 끝나서 즐길 수는 없었다. 대신 다리를 다쳐 이곳에서 하루를 더 쉬고 있던 계호와 만나 와인 축제 이야기를 들었다. 처음 만났을 때 날다람쥐처럼 잽싼 행동을 보고 "그러다 발병난다."고 했던 농담이 현실이 된 셈인데, 5유로를 입장료로 내면 와인 잔을 받아 돌아다니면서 와인을 마실 수 있고, 꿀맛이었다면서 자랑을 늘어놓는다.

두 번째 만남이지만 장난기 가득한 얼굴로 계호는 나를 끌어안았다. 한국으로 돌아가 다시 만나게 된다고 해도 이렇게 스스럼이 없을까? 생각해보면 여행이란 건 참 이상하다. 사람과 사람 사이에 세워져 있던 경계의 벽을 쉽게 허물게 된다. 일상에서는 꽤 오래 만났어도 하지 못하는 스킨십까지도 쉽게 시도하고 허용한다. 그만큼 알게 모르게 우리 자신을 억압하던 것들로부터 풀려나 마음을 편히 내려놓기 때문일 것이다. 비로소 자유로운 한 인간으로서의 '본중심本中心'을 드러내도록 만드는 것 같다. 순수한 동료 인간으로 서로를 대하게 되는 길, 길은 그래서 위대하다.

따지고 보면 사람을 너무 경계하면서 살아야 할 일은 아니었다. 물론 애써 사귀려 할 필요도 없었을 것이다. 못이 깊으면 물고기가 모여들고 숲이 무성하면 새와 짐승이 모여드는 법이라고 했다. 내가 좋은 사람, 매력적인 사람이라면 그들 또한 나를 좋아해 주기 마련이다. 그럼에도 나는 이런 당연한 진리들을 잊고 억지로 꿰어 맞추며 살아왔던 것 같다. 조화란 남이 먼저가 아니고 나 자신과 먼저 이루어져야 하는 것이므로 내 마음과 화해하고 스스로를 용서하며 물처럼 흘렀어야 할 것이었다.

알베르게 뒤뜰은 잔디가 푸르렀다. 넓게 트여서 휴식공간으로도 그만이다. 내려다보이는 비아나 마을은 아름다운 꿈결이다. 저녁노을을 바라보며 지금까지 걸어왔던 길들을 생각했다. 하루살이 삶과 같았던 그 길. 일상은 반복되지만 똑같은 일상은 없다. 내가 걸어왔던 길의 풍경이 매일매일 달라졌던 것처럼 일상 또한 마찬가지라는 생각이 들었다. 다만 삶의 새로운 부분들을 가볍게 여기거나 인식하지 못해서 어제와 같은 오늘, 오늘과 같은 내일이라 생각했을 뿐이었다.

새로운 것들은 늘 우리를 설레게 하고, 모험심을 느끼게 하고, 도전에 나서도록 자극한다. 오늘은 언제나 세상에 태어나서 처음 만난 날이고, 단 한 번도 살아본 적 없는 하루가 아닌가. 그러니 매일매일은 기대에 찬 삶의 하루다. 실수하고 넘어질 수도 있고, 기쁜 일도 슬픈 일도 생기게 마련이다. 그러하다. 우리는 매일매일 완전히 새로운 삶의 하루를 맞이하는 것이고, 그러니 지루함과 두려움 대신 모험에 나서는 신드바드처럼 항구를 떠나야 한다. 실수를 할까봐 두려워하지도 망설이지도 말아야 한다. 하고 싶은 일이 있다면 일단 도전하는 것은 어떤가. 실수는 어쩌면 당연한 변수다. 한 번뿐인 삶이지만 우리는 매일매일 태어나는 것이니 말이다.

칼라파스라는 개념이 있다. 우리 몸은 물론 세상 만물을 구성하는 가장 작은 미립자가 바로 칼라파스다.

양형진 교수는『물리학을 통해 보는 불교의 중심사상』에서 이렇게 설명했다.

"미립자의 수명은 10^{-6}초에서 10^{-23}초라고 한다. 순간적으로 생성되고 순간적으로 소멸한다. 이런 미립자로 원자가 이루어지고 그 원자에 의해 우리의 세계가 이루어지므로, 우리 주변의 모든 것은 겉으로 보기에는 조금 전의 모습을 그대로 유지하고 있는 것 같지만 바로 지금 이 순간에도 찰나에 생멸하고 있다고 보아야 한다."

칼라파스 미립자처럼 우리는 순간순간 소멸하고 다시 태어난다. 그러니 매일의 하루가 어떻게 같은 하루일 수가 있겠는가.

졸졸 흐르는 시냇물이 모여 강물이 되고 강들이 만나 태평양과 같은 대해大海를 이루게 된다. 오늘 하루를 전全 인생인 것처럼 맞이해야 하는 이유다. 나는 오늘 하루를 전 인생인 것처럼 길을 걸었고, 내일 또한 그러하리라. 길이 아직 내게 무엇을 가르쳐 줄지는 아직 분명치 않다. 하지만 마음속 깊은 곳에서는 지금까지 배운 적이 없었던 무언가에 대한 가르침을 받고 있는 중이라는 생각이 서서히 자라나고 있었다.

여행을 떠난다는 건 그런 것 같다. 나 자신에게 조금 더 시선을 주는 시간을 갖는다는 것 말이다. 내 마음이 즐거운지, 우울한지, 에너지가 충만한지, 충전이 필요한지를 들여다보고, 때로는 마음 놓고 울어도 볼 수 있는 시간, 그동안 고생했다고 스스로를 다독이는 시간, 애썼다고 나를 위로하는 시간, 나는 그런 시간들을 알베르게의 뒤뜰에서 누리고 있었다.

나를 길 위로 이끄는 것들

　도심을 통과하는 동안 카미노 화살표를 찾는 건 보물찾기와 같다. 숲과 들판으로 뻗어가는 길들에 익숙해졌기 때문인지도 모를 일이다. 도시 외곽에 있는 공원에 도착하기까지 한 시간 넘는 시간을 썼다. '라 그라헤라La Grajera 공원'이다. 큰 인공호수가 있는 공원. 그동안 산과 숲과 초원과 밀밭 길과 포도밭 길 그리고 들판을 걸었고, 높고 낮은 언덕을 넘어왔었다. 계곡을 만났고 강을 건너기도 했다. 그런데 호수는 처음이었다. 호숫가에 앉아 낚시를 하는 사람들 뒤로 배낭을 짊어진 순례자들이 검은 침묵의 그림자를 끌고 스쳐 지나갔다. 고요했고 한가로웠다.

　카미노를 걷다보면 미술을 사랑하는 나라답게 순례길을 안내하는 화살표, 가리비껍질 모양의 표지석, 거리의 조각품들, 하다못해 낙서까지도 하나의 예술품처럼 보인다. 화살표는 건물 밑바닥이나 귀퉁이, 돌과 나무에 노랗게 칠해져 있었고, 길바닥의 파란 타일에 철재로 가리비 모양이 새겨져 순례자들의 길잡이 역할을 한다.

문득 삶에서도 이런 안내 표시가 있어 우리를 인도하고 이끌어주면 좋겠다는 생각이 잠깐 들었다. 길을 잃고 헤매게 될까 두려워할 필요도 없을 것이고 좌절의 고통 없이 평탄하게 한 세상을 보낼 수 있지 않을까?

하지만 실패를 겪지 않는, 정해져 있는 길을 걷는 것이 인생이라면 고난을 극복하고 얻어내는 성취감과 열정, 흥분을 느낄 수 있는 역동적인 삶 또한 가능하지 않다.

우리는 사자와 사슴이 살갑게 어울리고 매와 참새가 한 가지에 앉는, 매일 매일이 평화로운 천국과도 같은 삶을 꿈꾼다. 하지만 어쩌면 이런 천국의 풍경은 지옥의 한 장면일지도 모르겠다는 생각이 문득 일어났다. 성취를 위한 노력도 열정도 사라진 삶이라면, 그것은 어른이 놀이동산에 가서 회전목마를 타는 것과 별반 다르지 않다. 회전목마를 타면서 아르레날린이 솟구친다는 사람은 별로 만나지 못했으니 말이다.

그러니까 길을 알려주는 화살표를 찾고자 헤매면서 애쓰는 노력과 열정이 우리의 삶을 흥미롭게 만드는 핵심인지도 모른다. 내가 단지 산티아고로 가기 위한 목적을 가지고 이 길을 걷고 있지는 않은 것처럼 말이다. 이 길의 목적은 이 길을 걷는 자체이고 그래서 나는 기꺼이 고통을 감수하며 이 길에 서 있는 것이다.

평화와 여유가 넘쳐흐르던 공원을 지나가자 오르막길이 시야를 가로막는다. 저절로 한숨이 나왔다. 이보다 더 가파른 오르막을 수없이 오르고 내렸음에도 그때 나는 왜 한숨이 나왔던 것일까? 임계점에 가까워졌기 때문이었을까?

나바레떼Navarette로 접근하는 능선인 오르막길에서는 왼쪽으로 철로 만든 대형 황소 조형물이 보였고, 길 오른편 철조망에는 순례자들이 걸어 놓은 십자가들이 바람에 흔들리고 있었다. 걸어놓았을 사람들만큼이나 가지각색의 모습으로, 십자가들은 마치 고단하고 힘든 길이 기다리고 있을 것이라는 걸 알려주기라도 하려는 듯 철조망 사이에서 묵묵히 자리를 지키며 바람을 타고 있었다. 마치 생명이 꺼진 나무에서 신의 상징물로 다시 태어나 순례자들을 축원하는 것처럼.

그동안 나는 마을 분위기에 익숙해질 틈도 없이 길을 나섰고 걷고 있었다. 매일매일 다른 마을을 향해 길을 떠나고 다른 침대에서 눈을 붙이고 떴다. 날마다 배낭을 꾸렸다가 짐을 풀어놓는 일을 되풀이 했고, 시큼한 땀 냄새가 밴 옷을 빨아 말리는 하루의 반복이었다.

그럼에도 나는 어느 순간 이 길을 사랑하게 되었다. 이곳에선 누군가의 마음에 들고 싶어 눈치를 봐야 할 필요가 없었고 욕심을 부릴 필요도 없었다. 씩씩한 척, 강한 척 할 필요도 없었다.

카미노는 우정의 길이었다. 순례자들은 같은 곳을 바라보며 같은 곳을 향해 걷는 동지들이었다. 이유 없는 자기비하와 마음 한 구석에 똬리를 틀고 있던 삶의 상처들이 햇볕에 달아오른 뜨거운 자동차 보닛에 떨어진 물방울처럼 지워지는 길이었다. 끊임없이 괴롭히는 발의 통증에도 새벽이면 다시 배낭을 챙겨 길을 나서도록 만드는 힘을 품고 있는 길이었다.

사실 부정적인 감정을 긍정적으로 바꾸는 것은 매우 어려운 일이다. 하지만 카미노는 나도 모르는 사이에 나의 가슴을 데우고 순수한, '참나'를 바라볼 수 있도록 해 주었다. 처음 길을 나서던 생장에서의 나는 어땠던가? 끊임없이 일어나는 의심과 갈등이 걸음을 붙잡았었다. 나는 나를 믿지 못했었다. '몸 따로 마음 따로 생각 따로'였다.

열흘쯤 지나면서 이제 조금씩 나에 대한 믿음이 싹을 틔우고 자라기 시작했다. 아니 믿어주기로 했다.

계속해서 갈 것인가? 아니면 멈출 것인가?

스스로에게 질문을 던졌고, 갈 수 있는 데까지 가보자고 마음먹었다. 마음속에서는 여전히 갈등이 일어나 소용돌이 쳤고 변덕스러웠지만 인정해 주고 믿어 주자고 다짐했다. 내가 믿어주지 않는다면, 내가 사랑해 주지 않는다면 누가 나를 믿어주고 사랑해 줄 것인가. 아무리 모성이 강하다고 해도 자신을 사랑하는 마음보다 강하기는 어려운 일이다.

산티아고로 가는 카미노는 쓸데없는 것들을 버리는 길이었다. 필요 없는 군더더기를 버리고, 마음을 버리는 길이었다. 그리고 그렇게 비우고 버리면서 어깨는 점점 가벼워지고 걸음 또한 쉽게 나아갈 수 있게 되는 길이었다. 그러니, 그저 내 몸과 마음의 한계를 알아보자고 되뇌었을 뿐이었다.

내가 처해 있는 모든 조건, 나 자신의 역량을 있는 그대로 인정하고 현실을 받아들이기로 했다. 그러면서 나는 점점 고통을 잊고 아름다운 풍광들, 그러니까 하늘과 구름과 들판을 구성하고 있는 초목들과 대화를 나눌 수 있게 되었고, 친구가 될 수 있었다. 홀로 걸으면서도 지루하지 않았다. 어쩌면 나는 그동안 홀로 남겨지는 시간들을 두려워했던 것인지도 모른다. 그래서 나를 포장하고 덧칠하고 예쁘게 보이려 하고 행복한 척 했었던 건지도 모른다.

그리고⋯ 홀로 걷는 절대적인 고독 속에서 행복감이 밀

려왔다.

　살다보면 무작정 도망치고 싶을 때가 있는 법이다. 일도 사랑도 돈도…. 하지만 모든 걸 내려놓고 자유로운 삶을 살고 싶어 하면서도 정작 용기를 내 그 길을 찾아 떠나는 사람은 드물다. 가장 큰 용기는 아마 자신이 가지고 있는 것들, 소중하다고 믿어왔던 것들을 버릴 수 있는 용기일 것이다.

　길을 걸으면서 나는 '그릇은 비어 있어야 비로소 가치가 있고 집은 비어 있어서 비로소 쓸모가 있다.'는 『도덕경』의 한 구절이 그저 곰팡내를 풍기는 옛 성현의 말씀만은 아님을 깨달았다. 경험하지 못하면 사실 공감하는 것이 쉽지는 않지만 나는 내려놓고 비우는 것들이 주는 자유로움과 행복을 맛보았다. 매일 반복되는 일상에 지치고 마음을 다쳤던 내가, 그래서 숨이 막힐 것만 같아 도망쳐왔던 내가, 비로소 비어진 마음 속으로 서서히 에너지가 들어차는 걸 느끼게 된 것이다.

　행복은 자신이 진정으로 무엇을 원하는지 깨닫는 데서 시작되는 것이 아닐까 하고 생각한다. 미래의 어느 날로 행복을 저축하고 유예하기만 한다면 그것은 부도난 어음 조각에 불과하다. 지금까지 미뤄왔다면 그것이 무엇이든 더 늦기 전에 시도하라고, 길은 내게 말했다. 남들의 시선과 세상의 일반적인 가치관을 그대로 따라가는 대신 무엇이 나를 행복하게 하는지 생각해보라고 길은 내게 말을 건넸다.

우리들은 고정관념이라는 틀에 묶여 살고 있다. 그리고 비상한 용기를 내지 않는다면 그 쳇바퀴로부터 벗어나기는 어렵다. 지혜와 용기를 짜내야 한다. 어떻게 마음을 먹느냐에 따라 한 사람의 인생이 달라진다. '종오소호從吾所好'라는 말이 있다. '즐겁지 않다면 어떻게 끝까지 걸어갈 수 있을까.' 그렇게 걷는 길이 과연 행복할까? 고통과 의무감뿐인 길을 걷다가 끝나고 만다면 살은 얼마나 허무한 것이란 말인가.

벤토사Ventosa의 '부엔 까미노Buen Camino'에서 점심을 먹었다. 카페 이름이 재미있다. 순례길에서 가장 많이 듣는 말이라면 바로 '부엔 까미노'다. 부엔은 '좋다'라는 뜻이고, 카미노는 '길'을 의미한다. 직역하자면 '좋은 길'이지만 "행복한 순례길 되세요. 좋은 순례길 되세요."라는 인사말이다.

카미노를 걷는 동안 사람들은 눈이 마주치는 순간 "올라(안녕)!" 하고 인사를 건넨다. 처음엔 어색하고 뻘쭘해서 그냥 고개를 숙이고 지나갈 때가 많았지만 어느 순간 "안녕"이라는 말보다 "올라"라는 스페인 말이 더 자연스럽게 느껴지곤 했다.

이 길을 걷는 사람들과 이곳에 사는 사람들 사이에는 공통적인 언어가 있다. 바로 얼굴 표정이었다. 이 길에서 만나는 사람들은 모두 같은 표정을 지니고 있었다. 지금도 가끔 어디에선가 스페인 말이 들려오면 카미노의 사람들이 떠올라 가슴이 벅차오른다.

한국에서는 처음 보는 사람에게 눈인사를 하거나 말을 건넬 경우 오해를 받거나 이상한 사람처럼 쳐다보기도 한다. 그만큼 경쟁적인 삶의 무게에 지쳐 여유를 잃고 살아가기 때문일 것이다. 그래서 진정으로 삶을 즐기며 살아가는 사람의 표정을 보기는 어렵다. 하지만 산티아고로 가는 길에서 만나는 얼굴에는 진정으로 삶을 즐기는 자로서의 여유와 따뜻함이 있다.

그들을 보면서 자주 생각했다. 나는 그동안 어떤 얼굴로 살아왔을까? 나는 어떤 표정을 지으며 사람들을 대해왔을까? 예쁘고 잘생긴 것을 떠나 '마흔이 넘었을 때의 얼굴은 자신이 책임을 져야 한다.'는 말이 있다는데, 나는 어떤 얼굴을 만들어왔을까?

배려심이 넘치는 사람의 얼굴은 아름답게 보인다. 살아온 삶의 여정, 지니고 있는 심성과 감정이 오랜 세월에 걸쳐 조각되어지면서 투명하게 드러나기 때문일 것이다. 카미노에 기대 살고 있는 사람들의 얼굴이 바로 그러했다.

오늘 머물게 될 숙소는 나헤라Najera 공립 알베르게이다.

전통적인 순례자들의 모습이 그려져 있는 입구가 인상적이었다. 공립 알베르게는 기부제로 운영하고 있는데, 보통 5유로에서 8유로를 기부하고 하루를 묵는다. 모금함에 5유로를 집어넣었다. 관계자가 크레덴샬에 도장을 찍어주고는 주방이며 화장실 등을 안내해 준다.

실내로 들어가자 벽에 붙여 놓은 스페인 지도와 각종 순례길 지도 그리고 까미노 관련 정보들이 한눈에 들어온다. 하나의 공간에 90개나 되는 침대들이 다닥다닥 붙어 있다. 침대에 들어가기에는 이른 시간이어서 배낭만 놓고 밖으로 나왔다. 잔디밭 옆으로 흘러가는 강줄기가 부드러웠다.

흐르는 강물을 보면서 공자는 이렇게 말했다지?

"흐르는 것은 저러하구나."

이미 산꼭대기를 찍고 내려온 성현이 바라보는 강물과 내가 바라보는 강물은 같았다. 흐르는 것은 저러하다. 이제 산티아고까지는 592킬로미터가 남았고, 200킬로미터 정도를 걸어온 셈이고, 조금쯤 자긍심을 가져도 괜찮다고 스스로를 다독였다. 잔디밭의 나무둥치에 등을 기대고 앉아 흘러가는 강물에 시선을 얹어 흘러갔다. 강물처럼 시간은 헐겁게 흘렀다. 문득 느리게 깊게 흐르는 강물처럼 살아야겠다는 생각이 들었다. 강물처럼 억지스럽지 않게 유장하게 흐르는 삶이고 싶었다. 산이 가로막으면 비켜서며 유연하게 흘러가고

나헤라 마을 풍경

싶었다. 카미노의 사람들처럼 삶을 사랑하면서 하루하루를
보내고 싶었다.

　카미노는 혼자서 걷는 길이지만 또한 사람과 함께 하는 길
이었다. 나는 이곳에서 두 번째 카미노를 걷고 있다는 나베
레데Naverette 마을 바에서 만났던 동갑내기 친구를 다시 만났

나헤라 무니시팔 (공립)알베르게 벽에 그려진 전통 순례자 그림

다. 처음 만났을 때, 한국인인줄 알고 "안녕하세요!" 하고 인
사를 건넸다가 영국에 사는 일본인이라는 걸 알게 된 친구였
다. 세라는 에너지 넘치는 한국인 대학생 친구였고, 그들은
4년 전 걸었던 이 길을 잊을 수 없어 다시 온 사람들이었고,
일에 치이고 사람에 치이는 일상의 삶으로부터 벗어나 상처

입은 영혼을 치유하고, 새로운 에너지를 채우기 위해 이 길에 나선 사람들이었다. 푸른 잔디밭에 앉아 강물을 바라보면서 나는 그들과 삶의 한때를 공유하고 공감하며 시간을 흘려보냈다. 강은 아무 말도 하지 않았다.

나는 나를 응원한다

부르고스Burgos. 스페인의 영웅 엘 시드리의 고향이며 카미노에서 세 번째로 큰 도시다. 한동안 시골길만 걸었던 순례자들이 모처럼 열정의 나라 스페인을 제대로 즐길 수 있는 곳이다.

설레는 마음에 일찍부터 서둘렀다. 새벽 6시, 산속 마을인 만큼 새벽공기는 싸늘했다. 달빛과 손전등에 의지해 홀로 산길을 걷는 동안 서서히 검게 드리워졌던 장막이 옅게 풀어지고 여명이 사위를 밝혔다. 카미노를 걸으며 동이 트는 하늘을 바라보며 걷는 기분은 무엇과 비교할 수 없이 상쾌하다. 어떻게 보면 장엄한 우주를 느끼는 시간이다.

이젠 붉게 터져오는 일출을 보며 걷는 일에도 제법 익숙해졌다. 그것은 오늘도 산티아고를 향해 나를 밀어가고 있음에 대한 증명이며, 키다리처럼 길쭉한 내 그림자와 사이좋게 걸

밀밭을 바라보는 풍경

으면서 잠시 비어 있는 마음을 만나는 시간이기도 하다. 누가 그랬던가. 명상은 생각하는 생각조차 끊고 내면에 가득 들어차 있는 것들을 비워내는 것이라고. 그러고 보면 나는 많이 단순해진 것 같다.

생각이 많다는 것은 해야 할 것들을 망설이기 때문인지도 모른다. 두려워하기 때문인지도 모른다. 실행하기 전에 먼저 자신을 의심하고, 남들의 시선을 의식하고, 두려움에 빠지고, 자신감을 잃어 시작도 못하고 포기했었다. 나의 성공과 실패 그리고 좌절에 대해 세상 사람들은 거의 관심이 없다는

사실을 나는 인지하지 못했던 것 같다. 그래서 나는 기회가 있었음에도 세상을 곁눈질하며 행동을 일으켜 나서지 않았다. 그럼에도 나는 카미노를 걷는 동안 가장 어리석은 것은 이미 지나가버린 기회를 아쉬워하면서 그 자리에 머무는 것이라고 믿게 되었으며, 후회 없이 도전하고 다가오는 기회를 향해 달려가리라 다짐했다.

카미노 데 산티아고를 다 완주할 수 있었던 힘은 단순해지는 데 있었다. 억지로 생각을 비워내고자 했기 때문은 아니었다. 그 길 위에서는 저절로 생각이 비워졌고, 비워져서 텅 빈 그곳에 새로운 삶의 에너지가 차오르는 걸 느꼈다. 나의 삶을 더욱 힘겹게 만들었던 것 또한 바로 복잡한 생각이었음을 나는 깨달았다. 단순한 생각이 마음의 평온을 가져온다는 것을 길 위에서, 카미노의 자연 속에서 깨달았다.

고민이 없는 사람은 없다. 근심이 없는 사람도 없다. 하지만 이런 고민, 걱정거리를 앞에 두고 취하는 태도는 사람마다 모두 다르다. 근심거리에 붙잡혀 생각이 거기에만 머물러 있으면 삶 전체가 그늘지고, 일상의 전반이 어둠에 잠긴다. 그런 일상에서 웃음은 사라지고 만다.

웃음은 단지 표정의 문제가 아니라 삶 자체를 바꾸기도 한다. 아주 예쁜 얼굴은 아니지만 유독 웃는 모습이 예쁜 사람들이 있다. 주변을 환하게 밝아지도록 만드는 그의 주변에는 늘 사람이 모이기 마련이다. 늘 환하게 웃으며 말을 건네는 사람들을 만날 수 있었던 카미노는 그래서 언제나 따뜻한 공간이었다.

부르고스까지 가는 길은 선택을 강요하는 길이다. 해발 1,040미터의 산 후안 데 오르떼가San Juan de Ortega에서 해발 760미터인 부르고스까지의 27.5킬로미터 구간은 세 가지 갈림길이 있다.

왼쪽의 첫 번째 길은 로그로뇨Logroño와 부르고스를 향하는 N-120 고속도로를 따라 살두엔도Zalduendo와 이베아스 데 후아로스Ibeas de Juarros를 걷는 길이다. 두 번째인 아따부에르까Atapuerca 비야프리아Villafría 구간은 가장 많은 순례자들이 걷는 길이고, 마지막 오른쪽 구간은 발리오스 데 꼴리나Barrios de Collina를 지나 N-1 고속도로와 나란히 걷는 길이다.

커다란 나무 십자가가 세워진 고지대 교차로에 서서 나는 어느 길을 선택할까, 잠시 고민했다. 그리고 가운데 구간을 선택했다. 왼쪽과 오른쪽 길은 걷기 편한 반면 공장지대의 지루함을 견뎌야 하고, 자동차 소음에 시달려야 하고, 알베르게도 좋지 않다.

문득 '가지 않은 길'이라는 로버트 프로스트의 진부할 만큼 자주 인용되는 시구가 떠올랐다.

〈앞부분 생략〉

훗날에 훗날에 나는 어디선가
한숨을 쉬면 이야기할 것입니다.
숲 속에 두 갈래 길이 있었다고,
나는 사람이 적게 간 길을 택하였다고,

그리고 그것 때문에 모든 것이 달라졌다고.

　길은 서서히 오르막으로 산을 기어오르고 있었다. 발길에 채인 자갈이 굴렀고, 배낭이 점점 무겁게 흘러내렸다. 팍팍한 인생처럼 그 길도 그랬다. 얼마나 더 걸어야 평탄한 길이 나오게 될까? 알 수 없었다. 언덕 위로 커다란 십자가가 나타났다. 구원의 십자가! 오, 빛이여!

　그곳에서부터는 평평하게 이어지는 길들이 마을에 들어설 때까지 완만하게 내려선다. 그쯤에서는 위용을 자랑하듯 펼쳐져 있는 부르고스가 내려다보이는데, 눈앞에 있는 것처럼 가깝게 보이기는 해도 몇 개의 작은 마을들을 굽이굽이 돌며 거친 뒤에야 도착할 수 있다.

　카미노를 걷다보면 매번 느끼게 되는

이따뿌에르까 지나 돌산 위에 세워져 있는 키다란 나무된 십자가

의혹이 있다. 바로 마을이 눈에 들어오는 순간 등에 짊어지고 있는 배낭이 더욱 무거워지고 발걸음 또한 더 질질 끌게 된다는 것이다. 아직은 가야 할 길이 남아 있건만 마음은 벌써 마을에 달려가 쉬려고 한다. 견고하게 어깨를 걸고 걸어야 할 몸과 마음이 제각각으로 움직인다. 그때마다 나는 속으로 중얼거리곤 했다.

"마음아 왜 너 혼자 가버리는 거니? 우린 끝까지 함께 가야 해! 너 먼저 그렇게 가버리는 건 배신이지."

이것은 길고도 긴 여정을 걸어내는 동안 나를 다잡고 스스로를 응원하는 방법이었다. 그리고 길이 줄어들면 줄어들수록 혼잣말은 점점 더 길어졌다. 추운 겨울이 지나야 따뜻한 봄이 오는 거라고, 어두운 밤이 지나 이제 곧 밝은 태양이 떠오를 거라고, 흘린 땀만큼 달콤한 열매를 먹을 수 있을 거라고, 폭풍과 비바람을 견딘 뒤에라야 청명한 하늘과 공기를 느낄 수 있는 거라고, 나는 나를 응원했다.

노란 이정표를 찾아 헤매기도 하고, 어느 길을 선택할 것인지 고민하기도 하면서 나는 산티아고를 향해 나아갔다. 때로는 후회하기도 하고, 때로는 용기를 잃고 두려움에 빠지기도 했다. 그럼에도 나는·포기하지 않고 이 길을 걸어왔으며 이제는 나머지 길 또한 모두 걸어낼 수 있으리라 스스로를 믿게 되었다. 시작이 결코 반은 아니었지만 그래도 나는 용감하게 매일 매일을 걷고 있었다. 외롭고 고통스럽고 문득 매일매일 걷는 길에 대한 의문이 들기도 하겠지만, 흔들리지도 방향을 잃어버리지도 않고 끝까지 걸어낼 것임을 믿었다.

마을 입구에는 파란 버스가 한 대 서 있었다. 알베르게의 광고판 역할을 하고 있는 버스에는 일곱 개 국기들이 그려져 있고, 그 한가운데 태극기가 선명했다. 아시아 국가 중에서는 태극기가 유일했다. 미묘한 감정이 가슴에서 솟아올랐다. 아마도 순례길에 참가하는 사람들이 많은 나라들의 국기를 그려놓았을 것으로 보이는데, 태극기를 보고 애국심 혹은 나라에 대한 자부심 같은 촌스러운 감정이 들게 될 것이라고는 미처 생각하지 못했었다.

그곳으로부터 10여 킬로미터는 소나무와 밤나무 그리고 떡갈나무가 울창하게 자라는 쾌적한 숲길이 이어진다. 이 작은 마을에는 하나의 전통이 전해지고 있다.

아타푸에르카 전쟁에서 치열한 전투 끝에 형제인 페르난도Fernando 1세에게 목숨을 잃은 나바라의 왕 가르시아를 기리는 비가 있는데, 2미터 높이의 거석에는 "1054년 나바라의 왕 가르시아 엘 데 나헤라 여기서 죽다."라고 적혀 있다. 가르시아 왕의 유해는 16세기에 지어진 산타 에우랄리아 데 메리다성당Iglesia de Santa Eulallia de Merida 반석 밑에 묻혀 있다고 전해지고 있으며, 매년 8월 23일에는 가르시아 왕의 죽음과 나바라와 까스띠야 왕국의 전투를 기리며 중세시대 식으로 저녁식사를 하는 전통이 남아 있다고 한다.

여전히 중세시대 기독교 왕국의 전통을 간직하고 있는 마을은 그대로 지나칠 수 없을 만큼 아름답고 매력적이다. 그러니 한동안 쉬어 갈 일이다.

어제 만나서 함께 걷던 사람들이 하나 둘 휘발해서 이제는 아무도 보이지 않는다. 다들 걷는 속도가 다르기 때문에 보폭을 맞춰 끝까지 함께 걷는다는 것은 쉽지 않다. 보통 3킬로미터 정도 거리가 벌어지기 마련인데, 걷고 쉬면서 페이스를 조절하는 것은 각자의 컨디션이나 마음에 달려 있기에 함께 걷는 게 생각보다 어려운 것이다.

그럼에도 함께 걸을 때는 내 페이스나 컨디션보다 상대를 배려하는 마음이 바탕에 놓여야 한다. 함께 걷고자 한다면 자신을 포기해야 한다. 걷는 속도가 느린 나로서는 다른 친구들이 나를 위해 희생하는 것이 부담스러워지곤 했다. 그들은 그들이 가지고 있는 에너지와 열정을 발산해 획획 나아갈 수 있을 것이었다. 나로 하여금 그들을 묶어두고 싶지 않았다. 아니, 그보다 오롯이 홀로 길 위에 서 있는 나 자신을 마주하는 순간이 좋았다.

순례자란 아늑하고 편안한 잠자리, 아름답고 근사한 풍경 앞에 머물 수 없는 존재다. 머무는 사람이 아니라 떠나는 존재다. 잠시 느끼고 바라볼 뿐이다. 길을 걸으면서 늘 느꼈던 것은 이 길이 우리가 살아가는 삶의 여정과 많이 닮았다는 것이었다. 포기하고 싶고, 쉬고 싶고, 눌러앉고 싶은 육체와 마음과 공간과 시간의 유혹을 이겨내며 걸어야 하는 길이었다. 어쩌면 진정한 순례는 그때부터 시작인지도 모른다.

같은 길을 가면서도 순례자들은 제각각의 방법으로 이 길을 간다. 삶의 무게만큼의 무거운 배낭을 짊어지고 묵묵히 걷는 사람이 있고, 지름길을 찾거나 가벼운 몸과 마음으로 이동수단을 이용하는 사람도 있다. 방법은 제각각 다르다. 하지만 나름대로 행복을 추구하고 자존감을 찾는다. 행복의 가치와 찾는 방법의 차이일 것이다.

사람은 누구나 행복한 삶을 추구한다. 하지만 내가 그래왔던 것처럼 현실의 무게에 짓눌려 마음의 여유조차 잃은 채로 살아가는 일이 많다. '형편이 어려워서, 시간이 없어서'라는 핑계로 삶을 즐기지 못한다면 인생은 너무나 허무하지 않은가. 가난함 속에서도 행복은 분명 존재한다. 돈보다 마음가짐이 더 중요하다는 것을 우리는 모르지 않는다. 물론 돈이 많으면 더 즐겁고 행복해질 가능성이 훨씬 크고, 돈이 없으면 행복한 삶은 불가능하다. 그럼에도 분명한 것은 돈이 행복한 삶의 충분조건은 아니라는 것이다.

나 또한 이 길을 걷기 전까지는 돈 때문에 고민이 컸다. 떠나기 위해 대출까지 받았다. 사실 뭐 하는 짓일까 싶었다. 하지만 나는 차츰 나를 행복하게 하는 것들, 작은 그 무엇들의 존재에 대해 깨달았다. 행복은 거대한 무엇으로 만들어지는 것이 아니라는 걸

부르고스 산타마리아 대성당, 1943년 스페인의 문화 자산으로 지정되었다.

알게 되었다. 아주 작은 것들이 가슴속에서 기쁨과 행복을 샘솟게 할 수 있음을 알게 되었다.

커다란 성취에 행복의 우선순위를 둔다면 아마도 그다지 행복하지 못한 삶을 살게 될 확률이 크다. 행복과 만족은 아주 작은 일상의 한 부분에서도 찾을 수 있는 것이라는 걸 나는 길 위에서 배웠다. 그리고 한 가지는 분명하게 알 수 있었

다. 이 여행을 끝내고 난 후 나는 어쩌면 마음 따뜻한 벗과 함께 차를 마시고, 삼겹살을 굽고, 맥주잔을 기울이는 기회를 조금은 더 많이 갖게 되리라는 것이다.

내리막길을 따라서 네 개의 작은 마을을 지나 부르고스에 도착했다. 번잡했다. 옛 시가지로 들어서 아름다운 중세 양식의 아치문을 지나자 산타마리아 델 마르 성당Catedral de Santa Maria이 나를 맞아준다. 아름다운 카탈루냐 고딕양식의 웅장한 성당이다. 톨레도Toledo 성당, 세비야Sevilla 성당과 함께 스페인 3대 성당 중 하나다. 부르고스는 유네스코가 지정한 문화재가 많은 도시이고, 1984년 유네스코 세계문화유산에 등재된 고딕양식의 건축물인 산타마리아성당은 걸작으로 인정받고 있다. 1221년에 공사를 시작해 1765년에 완성됐다고 한다. 입장료는 일반인 7유로(한화 약 8,700원), 순례자는 3.5유로(한화 약 4,300원)를 내야 한다. 참고로 순례자여권을 챙겨야 할인을 받을 수 있다.

나는 성당을 바라보면서 수백 년 동안 성당을 짓기 위해 땀을 흘려야 했던 수많은 사람들을 생각했다. 그러고 보면 인류의 유산이라는 것들이 대부분 그 시대 인간들의 땀과 피와 눈물로 이루어진 것이라는 점은 아이러니가 아닐 수 없다.

오늘 내가 묵을 알베르게는 바로 산타마리아 성당 뒤편으로 보이는 높은 언덕에 자리를 잡은 붉은 건물이었다. 지자체가 운영하는 이 공립 알베르게Albergue Municipal는 2008년 140명을 수용하는 현대식 건물로 문을 열었다. 대리석으로 마감된 5층짜리 건물은 엘리베이터를 갖추고 있고 편의시설 또한 잘 갖추어져 있다. 높은 언덕에 있어서 도시를 조망할 수 있고 주변을 관광하기에 더할 나위 없이 편리한 위치에 있다.

부르고스에서는 스페인의 축제를 온몸으로 느끼고 경험할 수 있다. 낯익은 순례자들이 한 자리에 모여 흥겹게 춤을 추며 즐기는 파티가 곳곳에서 벌어지고, 도시는 흠뻑 취한다. 술자리는 새벽까지도 쉽게 멈추지 않았고, 성당 길목에는 밤새도록 마신 수많은 술병들이 산산조각으로 흩어져 있었다. 왜 스페인을 열정의 나라라고 하는지 조금은 짐작할 수 있을 것 같았다. 올라!

마음을 얽어맨 사슬

카미노 데 산티아고는 각기 다른 의미를 가진 세 개의 길을 통과해야만 진정한 순례자가 된다고 말한다. 처음으로 마주하게 되는 생장에서 부르고스까지 가는 길은 연옥(purgatory)으로 표현하고, 부르고스부터 레온까지는 지옥(Hell)이라 말한다. 지옥을 참고 견디면 레온에서 산티아고까지 천국(Heaven)이 기다리고 있다.

연옥의 카미노는 막 순례를 시작하는 설렘과 기대감 때문에 설렘과 함께 걷게 되지만 지옥의 카미노에 들어서게 되면 고독과 침묵의 길이 되어 고통을 인내하는 법을 배우게 된다. 그리고 나는 지금 천국을 맛보기 위해 걷고 있다. 아무리 힘들고 고통스러워도 천국을 기다리며 참고 이겨내리라는 믿음이 나의 발걸음을 가볍게 해 준다.

부르고스를 벗어나는 길은 지루했다. 대성당 앞을 지나 여러 개의 골목길을 걸어야 한다. 도시를 빠져나가는 데만 3킬로미터 정도를 걸어야 하는데, 아를란손Aranzon 강을 건너 부르고스대학 캠퍼스를 가로질러 한 시간을 넘게 걸어야 도시에서 벗어날 수 있다.

문제는 그 다음부터다. 죽음의 길이라 불리는 메세타Meseta 평원이 시작된다. 밀밭 사이로 흘러가는 비포장 길은 헐거운 시간 속으로 뫼비우스의 띠처럼 이어진다. 밀밭, 돌무더기… 쳇바퀴를 돌리는 다람쥐처럼 불타는 발바닥이 자갈이 뒹구는 길을 허덕거리며 밀어낸다. 왜 이곳을 죽음의 길이라고 하는지 알 것 같다. 그토록 지루하게 이어지는 길가의 표지석 위에 돌들을 올려놓을 때 그들은 어떤 마음이었을까? 무언가에 대한 기원의 뜻이었을까? 아니면 지루함에 지친 일탈의 표현이었을까?

드넓은 밀밭에 홀로 서 있는 푸른 나무 한 그루. 마치 사막을 걷다가 오아시스를 만난 기분이다. 끝없이 반복되는 노래를 듣고 있는 것만 같은 풍경 속에서 나는 하늘을 향해 고개를 젖혔다. 하늘은 텅 비어 있었다. 가끔씩 만나는 화살표만이 '너는 아직 잘 가고 있는 거'라고 나를 위로하고 달랬다. 얼마나 더 걸어야 하는 걸까? 언제 마을이 나올까? 언제 끝나게 될는지 알 수 없는 길 위에서 어느덧 시간은 오후로 넘어서고 있었다. 오늘은 13일째가 되는 날이었다.

이제 조금은 익숙해질 만도 하련만 몸은 점점 더 비명을 질러댔다. 남아 있는 길은 아득했다. 말할 수 없는 막막함 앞에서 그냥 접어버리고 싶다는 감정이 밀물처럼 밀려왔다.

"나는 왜 이걸 하고 있을까? 무얼 얻기 위해, 어떤 이유 혹은 가치를 찾기 위해 매일 새벽이면 배낭을 꾸리고 길을 나서는 것일까?"

매일 아침마다 소염진통제를 먹으며 그렇게 생각했다.

무릎과 발목에 소염진통제를 바르며 매일 저녁마다 그렇게 생각했다.

나는 왜 이런 짓을 하고 있는 걸까? 그냥 개고생에 불과할지도 모를 이런 행위를 위해 그토록 먼 길을 비행기를 타고 날아와 스스로를 가혹하게 괴롭히는 것이 현명한 행동일까? 발바닥, 발목, 무릎, 허리, 어깨… 통증은 온몸에서 아우성이었고, 다 때려치우고 싶었고, 주저앉고 싶었다. 그러면서도 생각했다. 아픈 것들에 집중하는 이런 생각 때문에 아픈 것은 아닐까 하고. 그냥 인정해버리고 무심하게 내버려두면 괜찮아지지 않을까 하고. 보이지 않는 무언가가 나를 자꾸 붙잡고 있는 기분이 들었다.

나를 묶어두고 있는 어떤 사슬 같은 이물감이 느껴졌다.

엄청난 힘을 품고 있는 코끼리가 강한 기둥과 쇠사슬에 굴복했던 경험으로 인해 작은 말뚝, 빈약한 밧줄에 묶인 채로도 얌전하게 복종하고 있는 것처럼.

생각해본다. 어쩌면 나는 코끼리처럼 살아왔던 것 같다. 밧줄과 말뚝이라는 상징에 묶여 자유를 포기해버린 코끼리처럼 어느 순간 현실의 힘에 굴복해버린 것은 아니었을까? 마음의 사슬, 관념의 사슬, 체념의 사슬에 묶여 있었던 것은 아니었을까? 끝날 것 같지 않는 이 길과도 같은 일상에 굴복해서 무기력하게 생명의 시간들을 소모하고만 있었던 것은 아니었을까?

희망을 놓아버린 사람은 자유를 포기한 코끼리와 같다. 내면에 숨어 있는 힘들을 써보지도 않고 일상의 사슬에 굴복한다. 살아오는 동안 몇 번쯤 경험했던 실패, 사회적 제약이나 관행과 같은 것들이 우리들 마음을 얽어매는 사슬을 만든다. 그리고 이제 그것을 알게 되었다면 사슬을 끊기 위해 힘을 짜내야 할 때다. 끝나지 않는 길은 없으니까.

끝도 없이 계속될 것 같았던 길은 언덕 위에 오르는 순간 끝을 드러낸다. 아담하고 소박한 마을인 온따나스Hontanas는 그렇게 내 눈으로 들어왔다. 아홉 시간이 넘는 시간 동안 30킬로미터를 걸었다. 20킬로미터 정도를 걸을 때와는 모든 게

하루를 정리하는 순례자의 모습

알베르게에서 순례자들과 함께

호주에서 온 남매

달랐다. 늦게 도착해 공립 알베르게를 이용할 수 없었기에 겨우 숙소를 찾아 쓰러졌다.

알베르게는 작아서 한국 사람이라곤 나 혼자다. 열 명도 채 재울 수 없는 일반 가정집에서 저녁으로 해물 빠에야를 함께 먹으며 다른 순례자들과 이야기를 나누었다. 호주에서 엄마와 함께 온 어린 남매는 밝고 씩씩했다. 그 모습이 너무 예쁘고 기특해서 4년 전 제주올레길을 걸으면서 제주 엄마에게 받았던 간세(제주도 조랑말) 인형과 천 원, 오천 원짜리 지폐를 선물로 주었다. 아이들은 어른이 되면 꼭 한국에 가 볼 거라며 기뻐한다.

그랬다. 지옥에서도 행복은 존재하는 거였다. 남매를 보면서 나를 얽어매고 있던 사슬들이 조금은 느슨해진 것 같은 기분이 들었다. 오늘도 행복한 하루였노라고, 침대에 쓰러진 채 입속으로 중얼거렸다.

고독한 길 위에서도 우정은 피어나고

묵묵히 배낭을 챙긴다. 새벽공기는 차다. 또다시 다음 목
적지를 향해 길을 떠나야 하는 시간, 작별인사도 없이, 함
께 생의 짧은 한순간을 어우러졌던 사람들과 헤어져 길 위
에 선다.

카미노는 만남과 헤어짐의 반복이다. 카미노는 늘 다음 여
정을 향해 길을 떠나야 하는 날들의 고리로 이루어져 있다.
만남과 헤어짐은 길 위에 있고 그래서 아쉬움도 그리움도 없
이 같은 방향을 보고 걷는다.

이탈리아 로마에서 온 나와 동갑내기인 애나와 마우 리
치오 부부, 그리고 파스콸레라는 카스트로헤리스로 가는 길
에서 우연히 만나 산티아고성당까지 함께 동행 했던 친구였
다. 우리는 스마트폰에 저장해 두었던 「넬라 판타지아Nella
fantasia」를 함께 들으며 주책없이 눈물을 흘렸고, 지구 반대

순례길에서 만나 산티아고까지 동행했던 이탈리아 친구

편에 살다가 처음 만났던 존재들이면서도 말없이 서로를 꼭 안아주었다. 비로소 고독하고 외로웠던 길이 따뜻해졌다.

　누군가를 안아준다는 건 그를 받아들인다는 것이다. 부모가 자식을 안아주는 마음, 사랑하는 이를 안아주는 마음, 거기에는 말이 끼어들 여지가 없다. 서로를 안는 단순한 행위에는 상대의 모든 것을 받아들이는 순수한 감정만이 존재할 뿐이다. 그것은 내가 가진 에너지를 전달하는 행위이고 받아들이는 순간이다.

길위에서 만난 이탈리아 친구들

초등학교 6학년이었던 딸아이가 홀로 유학을 가게 되었을 때가 불현듯 떠올랐다. 홀로 먼 타국에서 지내야 하는 아이의 외로움과 슬픔이 아프게 다가왔었다. 현지에서 함께 며칠 지내는 동안 아이의 마음에서 피를 흘리는 상처를 느낄 수 있었다. 무슨 말로 아이의 상처를 위로할 수 있을까? 하지만 오롯이 홀로 이겨내야 하는 일이었다. 아이를 두고 오기 전에 몇 장의 편지를 써서 건네며 2분만 아무 말 없이 엄마랑 같이 안고 있자고 했다. 아이는 아무 말 없이 시계 알람을 맞추었다. 우린 서로를 꼭 안았다. 1분이 흘러가고 2분이 되어갈 때쯤 우린 누가 뭐라고 할 것도 없이 서로의 어깨에 기대 울고 말았다. 그렇게 2분이 지난 뒤 딸과 엄마는 마음속 깊이 지니고 있었던 이야기들을 나눌 수 있었다. 아이는 용기를 냈고 꿋꿋하게 7년이라는 유학생활을 잘 마치고 돌아왔다. 단 120초 동안 안아주는 것이 무엇보다 소중한 선물이 되었다는 걸 나는 그때 느꼈다. 지금도 나는 만나는 사람마다 허그로 인사를 하곤 한다.

그때 나는 몰랐다. 왜 그 친구들이 눈물을 흘렸는지. 한국으로 돌아와 한글로 번역해놓은 가사를 보면서 짐작할 수 있었을 뿐.

'나는 환상 속에서 정직하고 평화롭게 사는 세상을 봅니다. 저 떠다니는 구름처럼 항상 자유로운 영혼을 꿈꿉니다. 영혼 깊은 곳까지 박애로 충만한 영혼을 환상 속에서 밤조차도 어둡지 않은 밝은 세상을 봅니다. 저 떠다니는 구름처럼 항상 자유로운 영혼을 꿈꿉니다. 환상 속에서 친구처럼 편안하고 따뜻한 바람이 불어옵니다. 저 떠다니는 구름처럼 항상 자유로운 영혼을 꿈꿉니다. 영혼 깊은 곳까지 박애로 충만한 영혼을…….'

어쩌면 우리는 상처를 핥는 짐승처럼 다친 영혼을 치유하기 위해 그 길을 걷고 있었는지도 모른다. 그래서 구름처럼 걸림 없이 자유로운 영혼을 꿈꾸면서 그 길을 걸었던 것인지도, 그래서 끝내 걸을 수 있었던 것인지도 몰랐다.

나는 손목에 차고 있던 돌로 만든 묵주를 애나의 손목에 채워주었고, 그녀는 내 목에 자신의 묵주를 걸어주었다. 애나는 묵주를 손목에 차고 지난 해 6월 포르투길 산티아고 데 콤포스텔라Santiago de compostella까지 250킬로미터를 걸었다면서 안부를 전해왔다. 그리고 지금도 여전히 한 달에 한 번쯤은 안부를 주고받으면서 손목의 묵주와 함께 로마에서 만나는 날을 기다린다고 했다.

　나는 가끔씩 신앙심이 깊은 애나와 마우 리 치오 그리고 파스콸레라가 묵고 있는 조용한 숙소를 찾아 차를 마시며 가벼운 이야기들을 나누곤 했었다. 마우 리 치오는 경찰관이고 애나는 공항세관원이었는데, 두 사람이 함께 걷는 모습은 아름다웠다. 기다려 주고, 가방을 대신 들어 주고, 사람이 사람을 배려하고, 사랑이 담긴 눈으로 바라보는 모습은 아름다웠다. 카미노의 어떤 풍경들보다도 그들의 모습이 아름다웠다. 그리고 우리들은 그렇게 길을 가면서 통하지 않는 언어 대신 표정으로, 미소로 이야기를 나누었다. 그리고… 나는 세상에서 가장 아름다운 언어란 이런 것이 아닐까 하고 생각했다.

비로소 나와 마주하는 순간들

끝없이 이어지는 고독의 길

오늘은 17킬로미터만 걸으면 된다. 다른 날들에 비해 거리는 만만하다. 하지만 늘 만만한 것들에 함정이 있다. 대지가 끝없이 확장되면서 하늘 바깥으로 사라지는 길. 하얀 벽들을 보고 걷는 것처럼 반복되는 시간들…. 머리 위에서는 태양이 불타고, 길은 지평선으로 사라진다. 마을은커녕 물도 없다. 제자리걸음을 걷고 있는 것처럼 지나온 길들은 흔적 없이 사라진다. 그렇다. 절대 평화. 아무 일도 일어나지 않는 화성에서의 일상과 같은 평화. 아니 적요寂寥.

우리는 평화로운 삶을 꿈꾼다. 누가 평화를 원치 않겠는가. 그럼에도 그런 삶에서 살아 있다는 느낌을 받는 것, 살아가는 의미를 느끼는 것은 다른 것 같다. 오르내림이 없는 평탄한 길들은, 그래서 오히려 힘겹다. 그러하기에 이 길은 마의 구간으로 불리는 것이다.

하지만 내 몸에 집중하게 되는 건 오히려 이런 길을 걸을 때다. 발에 밟히는 자갈들이 자그락거리고, 물집이 잡힌 발가락들의 비명이 선명했다. 내 육신의 뉴런은 자신의 역할을 수행함에 있어 조금도 게으르지 않고, 뇌는 지극히 단순해진다. 얼마나 걸어왔는가? 얼마나 살아왔는가? 여기는 어딘가, 나는 어디에 있나?

나는 막막한 공간, 막막한 시간 속에서 홀로 서 있었다. 생각해본다. 나는 지금 산티아고를 향해 걷고 있다. 그런데 정작 내 삶 자체의 길은 어느 곳으로 이어져 있는가? 무엇을 향해 걷고 있는가? 갑자기 왜 이런 개똥철학인가 싶어도, 가끔은 그런 순간들이 있는 법이다. 그리고 카미노의 이 구간에서는 그런 생각이 들었다. 길은 끝없이 이어지고 있었고 나는 시간 속에서 길을 잃었다.

삶이 그대를 속일지라도
슬퍼하거나 노여워하지 말라.
슬픈 날은 참고 견디면
즐거운 날은 오고야 말리니.

시골식당 액자에 걸려 있던 푸시킨의 시구는 지루하다. 그럼에도 그 말들에 매여 있는 의미는 삶의 핵심을 관통한다. 맑은 날씨가 기분이 좋을 수도 있고, 추적추적 비가 내리는 날이 로맨틱하기도 하다. 한 치 앞에 무엇이 기다리고 있는지 알 수 없기에 삶은 흥미진진하다. 그러하다. 퇴근길 도로와도 같은 삶으로부터 도망치듯 나는 카미노에 서 있었고, 길은 비어 있다. 낮게 깔린 먹구름을 뚫고 천둥이 치고 번개가 꽂히던 날들, 비에 젖어 떨던 날들, 벗어날 곳 없이 헤매던 캄캄한 그 길들… 그래도 나는 멈추지 않았다. 결코, 주저

135

앉지 않았고 아직 길을 걷고 있었다.

　새벽 인력시장에 나가 일거리를 찾는 사람 앞에서 삶의 지
루함에 대해 이야기하는 건 염치없는 짓이다. 테러가 일상
인 아수라장 속에 사는 아이는 정작 평화라는 단어를 떠올
릴 겨를이 없다. "넌 행복한 줄 알아야 해!" 내가 지루하게
느끼는 이 길이 누군가 그토록 원하는 길일 수도 있었다. 생
각과 생각 사이에 발걸음이 무의식 속에 움직였고, 가끔씩
발길에 채인 자갈이 몇 바퀴를 굴러가다 멈췄다. 세상은 고
요했다. 그러면서 어쩌면 이 길이 목표를 잃어버린 삶과 닮
아 있다는 생각이 들
었다. 물론 안다. 이
길은 끝날 것이고,
마을이 나를 기다릴
것이고, 삐걱거리는
철제 침대에서 나는
하루의 피로를 털어
낼것이다. 그럼에도
이 길 위에서는 도저
히 끝나지 않을 듯한
어떤 막막함이 느껴

졌다. 안다. 우리의 삶에서도 오르막 내리막을 타면서 그렇게 흘러갈 것임을.

  누군들 삶이 버겁지 않을까? 지루하지 않을까? 길을 걸으며 느낀다. 교실에서 배우지 못했던 것들을 이렇게 배운다, 감사하다는 것을. 나는 나를 행복하게 해 주는 것들을 너무나 많이 가지고 있어서 오히려 비명을 지르고 있는 건지도 모른다. 삶은 환경을 떠나 늘 치열한 것이라는 걸.
  한동안은 계획도 목표도 다 잃었던 시간들이 있었다. 그

칼사디아 데 라 꾸에사 분지의 작은 마을

런 삶 속에서 나를 찾아온 것은 지리함과 허무감이었다. 그리고 그때의 내 삶에서는 '기다림'이라는 단어가 들어있지 않았던 것이다.

나는 길 위에서 아직 목표를 잃지 않았다. 저 길의 끝에는 아름다운 카미노의 마을이 나를 기다리고 있을 것이다. 한 잔의 포도주 혹은 시원한 맥주를 마시며 하루 동안의 길을 걸으며 느꼈던 것들에 공감을 나눌 수 있는 순례자들도 있을 것이다.

무언가를 기다리는 시간들은 길고도 길지만 희망과 설렘을 품고 있기에 아름답다. 무언가를 기다리는 이들은 꿈을 꾸고, 그 꿈이 지루함의 고통을 견딜 수 있는 힘의 원천이 된다. 기다림은 행복을 배가시키는 증폭제이고 우리 삶을 숙성시키는 과정이기도 하다. 밥을 지을 때도 뜸을 들이는 시간이 필요하지 않은가.

오늘도 걸을 수 있음에 감사했다. 그늘조차 없지만 길가에 놓인 간이의자에 잠시 앉아 쉴 수 있음에 감사하고, 가파른 언덕을 만나게 되지 않은 것에 감사하고, 길가에 피어 있는 야생화들에 감사하고, 길을 안내해 주는 노란 화살표에 감사하다.

까르온 데 로스 콘데스carrion de los condes를 출발해 4시간만에 만나게 된 마을은 작고 조용하고 깨끗하다. 마을 바에서 레몬 한 조각이 담긴 콜라를 한 모금 삼키자 마른 목 줄기를 타고 온몸의 세포들이 바르르 떤다. 오래도록 지리하게 이어지던 길의 끝에서 굳어진 근육은 나른하게 풀리고, 다리는 천근처럼 무거워진다. 오늘로서 절반을 걸어왔다. 이제 남은 길들은 400킬로미터. 지금까지 걸어왔던 길들이 아득해서 앞으로 걸어야 할 길들 또한 더욱 실감나지 않았다. 새벽에 일어나 걷고 하루치 걸음 끝에서는 기절하듯 잠이 든다.

지금 나는 무엇을 하고 있는 것일까? 나는 왜 여기에 있는 것일까?

노란 프리지아가 피어 있는 길을 지나며 생각들을 이미 길 위에 풀어놓아서 무념이고 무상이었다. 와인 한 잔으로 오늘 하루를 잘 견뎌준 내게 상을 내리며 침대에 몸을 실었을 때 문득 이런 생각이 들었다.

"내일은 없다. 그러므로 지금 이 시간은 가장 행복한 순간이다!"

나를 깨어나게 하는 순간들

길에 익숙해지면 등짐만큼이나 마음에 실린 짐도 가벼워지는 법. 보고 배우고 경험하는 것들에 대한 욕심조차 비어서 오히려 마음속에 켜켜이 쌓인 묵은 때들이 벗겨지고 휘발한다. 어쩌면 길은 마음을 청소하는 공간인 것 같다.

테라디요스 데 템플라리오Tradillos de templarios에서 엘 브르고 라네로El Burgo Ranero까지 30킬로미터. 이 길을 걷고 나면 내일은 카미노에서 만날 수 있는 마지막 대도시 레온에 도착할 것이다.

대지는 눈이 닿는 곳까지 온통 노란 해바라기로 덮여 있었고, 길은 꽃잎들을 뚫고 직선으로 달렸다. 풍경은 충격처럼 내 눈에 들어왔다. 시선은 해바라기 꽃밭을 헤매며 길을 잃었다. 해를 닮은 꽃길은 황홀했다. 현실과 꿈속에서 나는 길을 잃었다. 믿을 수 없었다, 내가 이 길을 걷고 있다는 것이.

삶은 행복과 고통의 뒤섞임 속에 존재한다. 바닥까지 떨어졌던 자존감과 힘겨운 현실의 고갯길들을 넘어서서 나는 여기에 있다. 고통스러운 육체의 아우성을 견디며 나는 이곳까지 걸어왔고 행복하다. 또 다른 고난의 시간들이 찾아올 것이지만 이 길을 떠올리며 나는 그 무거운 시간들을 견뎌낼 에너지를 뽑아 올릴 수 있을 것이다.

길지도 않은 내 삶은 평탄치 않았다. 서른여섯이라는 늦은 나이에 나를 얻은 아버지는 기쁨을 이기지 못하셨다고 했다. 우리 집 담장 너머로 웃음소리가 자주 넘었고, 행복은 영원히 계속될 것만 같았다.

어느 봄날이었다. 20여 명의 동네사람들과 함께 배를 타고 바다로 나가셨던 어머니가 돌아오시지 못한 것은. 아버지에게 세상은 더 이상 살아가고 싶은 곳이 아니었다. 아버지는 농약을 마시고 세상을 버릴 작정이었다. 어머니는 핏덩이 딸을 두고 아버지가 자신에게 오는 걸 용납하지 않으셨지만 결국 아버지는 그 후유증으로 환갑이 되던 해 대장암으로 세상을 떠나셨다.

엄마를 잃은 나는 며칠을 먹지도 자지도 않고 보챘다고 한다. 나는 할머니 손에서 젖동냥으로 컸다. 내가 일곱 살이 되었던 해 봄날, 할머니가 돌아가시자 아버지는 내게 노란 구두를 사서 신겨주고는 철로로 데려갔다. 그리고 함께 죽자고 통곡했다. 그것은 아직도 생생하게 남아 있는 공포의 트라우마였다. 넉넉하지 못한 큰 집과 작은 집을 오가며 눈칫밥을 먹었다. 지금 생각해보면 고아원에 보내지 않을 것만으로도 다행이었다는 생각이 든다.

어린 영혼에게 삶은 너무나도 무거웠고 슬펐고 우울했다. 아버지가 사고를 당해 혼자 지내야 했던 중학교 시절의 나는 연탄이 없어 동그란 백열등 전구를 가슴에 품고 겨울밤을 보내야 했고, 소풍을 가는 날이면 반 친구들이 도시락을 챙겨줘야 할 짐과도 같은 존재라는 사실에 자존감이 찢겼다. 낙엽이 굴러가는 것만 보아도 까르르 웃을 나이에 세상은 외롭고도 혹독한 싸움터였다. 나는 홀로 그 싸움과 맞서야 했다.

인간이 가지고 있는 긍정의 힘은 강하다. 그 한계가 궁금할 정도다. 스스로 세상을 헤쳐나가야 했지만 그래도 나는 지고 싶지 않았다. 포기하고 싶지 않았다. 아버지와 어머니 대신 나 스스로 나를 돌볼 수 있다고 이를 악물었다. 삶은 누가 대신 살아주는 것이 아니라고 믿었고 나는 살아남고자 하는 의지를 잃지 않으려고 애썼다.

신체의 장애보다 마음 장애를 가지고 사는 사람이 많은 것 같다. 마음에 장애를 가지고 있는 사람은 포기라는 말을 쉽게 입에 올린다. 하지만 포기라는 말은 자신이 가지고 있는 모든 것들을, 전심전력을 다해 시도해본 사람만이 입에 올릴 수 있는 말이라는 생각이 든다.

나는 포기하지 않았다. 넘고 넘어도 계속되는 언덕을 극복하면서 나의 근육은 조금씩 튼튼해졌다. 나 스스로를 믿고, 나를 위해 주며, 나 자신을 사랑해 주는 친구가 되어주었다. 나를 세상 무엇보다 소중히 여겨주는 것은 나 자신이고, 나를 힘들고 아프게 하는 것 또한 나라는 것을 깨달았다. 나를 먼저 사랑하고, 나를 먼저 생각해 주고, 나를 아껴주고, 믿음을 줘야 했다.

그렇게 고난과 아픔을 극복할 수 있었다. 그리고 힘든 삶의 길을 걸어오는 동안 키웠던 근육을 통해 나는 카미노의 지난한 길들을 걸어왔고, 오늘 나는 행복했다. 눈물로 시작했던 카미노는 이제 노란 해바라기 꽃을 피워 나를 맞이해 주고 축하해 주고 있었다. 고난의 길이 있다면 따뜻하고, 편안하고, 아름다운 길 또한 있다는 진리를 마주하면서 가슴이 뜨거웠다. 너무도 어린 나이에 세상을 살아가는 고단함을 알게 되었지만 늦지 않게 세상과 맞서고자 하는 용기를 배울 수 있었기에 지나간 삶들을 살아낸 나 자신에게 감사했다.

인생이 고달프다고 생각하게 되면 책임을 자신에게 지우

게 되거나, 더하여 비난하게 된다. 그래서 생각을 긍정적으로 바꾸고자 노력하는 것이 중요하다. 힘겨운 문제를 피해 도망치기보다 먼저 현실을 받아들이고 뛰어넘기 위해 에너지를 모아야 한다는 것을 나는 그동안 자주 느끼곤 했다.

고통을 마음 깊이 밀어 넣으려고만 하면 안 된다. 그 고통이 얼마나 힘든 것인지 다른 사람들이 감히 가늠할 수는 없는 것이지만 다른 사람들 또한 겪었던 것이고, 그것이 삶의 본질이라는 것을 나는 알게 되었다. 결국 시간은 흐르고, 이 또한 지나간다.

100퍼센트 만족스러운 삶은 있을 수 없다. 그렇다고 100퍼센트 불행한 인생 또한 존재하지 않는다. 행복과 불행은 하나의 몸에 붙어 있는 두 개의 얼굴이다. 불가에서는 행복과 불행을 생각이 일어나고 사라지는 것에 불과함을 일깨운다.

순례자들이 다리를 절뚝거리며 마을 골목길을 걷고 있다. 이 길은 순례자들의 몸을 조금씩 고장나게 만들지만 파스를 붙이거나 발바닥 물집이 터지거나 병원에 가는 일은 있어도

포기하는 이들은 없다. 오히려 그들은 시간 때문에, 혹은 다른 이유들로 길을 포기할 수밖에 없음을 슬퍼한다.

무엇이 그들을 그렇게 만드는가? 물집이 터지고 장단지에 쥐가 오르고 어깨가 빠개지는 것 같은 고통을 견디며 그들로 하여금 날이 밝으면 일어나 다시 길 위에 서도록 하는 것은 무엇인가?

그런 순례자들의 틈에 나 역시 끼여 있다. 숨도 쉬기 힘들 만큼 허리가 아파도 나는 멈추지 않는다. 앞으로 어떻게 이 길을 기억하게 될지 알 수 없지만 멈추지 않는다.

절뚝거리던 걸음을 멈추고 카페의 벽에 그려진 순례자의 상징인 가리비를 오래도록 바라보았다. 나의 얼굴에 떠오르는 미소가 느껴졌다.

카미노에 오버랩 되는 삶의 길

오늘은 대도시 레온Leon까지 37.4킬로미터를 걸어야 한다. 카미노에서 매우 긴 구간에 속한다. 보통 순례자들은 9시간 정도가 걸리지만 내 걸음으로는 서둘러도 12시간이 넘게 걸려서 새벽 6시에 일어나 출발해 저녁 7시 30분에 도착했다.

카미노를 걸으며 만난 친구 중에 울산에서 온 27살 J가 있다. 6개월 동안 인도에서 어학연수를 하고 카미노에 온 친구인데, 우리는 종종 바에서 쉬거나 걷는 동안 이런 저런 이야기를 나누며 가까워졌다. 그는 침낭도 없이 군인들이 쓰는 배낭을 짊어지고 일반 운동화를 신고 있었고, 나이가 젊어서인지 힘이 넘쳐보였다.

순례자들을 괴롭히는 가장 큰 골칫거리는 바로 물집이다. 주로 마찰 때문에 생기지만 걸음을 걷는 자세로 인해 생기기

도 한다. 마을의 나무 아래 놓인 벤치에서 쉬고 있을 때였다. 길을 걷는 동안 2시간 정도마다 쉬면서 신발과 양말을 벗고 발을 말려야 하는데, 그가 양말을 벗는 순간 나는 기겁을 하면서 비명을 내질렀다. 양쪽 발 모두 발바닥 반쯤이 물집이 터져 차마 눈을 뜨고 볼 수가 없었다. 붉게 드러난 상처투성이 발바닥! 얼마나 아팠을까. 무엇이 그런 고통을 견디며 걷는 걸 멈추지 못하도록 만들었던 것일까.

눈물이 차올랐다. 고통스럽다고 아프다고 혼자 징징거리며 걸어왔던 내가 부끄러웠다.

길을 걷다 보면 걸음이 무거울 때가 있고 가벼워질 때도 있다. 그럴 때 걷는 모습을 보면 그의 인품을 알 수 있다고 했다. 걱정거리, 고민거리가 많으면 머리가 떨어지고 걸음걸이 또한 질질 끌리게 된다. 자신도 모르게 시선은 발끝으로 향하고 고통에 집중하고 부정적인 감정에 집착하게 된다.

공자는 『논어』 「위정」에서 말했다.

"그 행동거지를 보고, 그렇게 한 연유를 꼼꼼히 살피며, 일을 하고 편안해 하는지 관찰해보면 그 사람의 인품을 알 수 있다. 어찌 사람 됨됨이를 감추겠는가! 어찌 자신을 숨길 수 있겠느냐?"

공자는 사람의 걸음걸이를 중요하게 여겼다. 그만큼 하찮고 작은 습관이라도 소홀히 여겨서는 안 된다는 것이다. 걸음을 걸을 때 터덜거리며 걷게 되면 발끝으로 행운도 떨어져 나간다. 투덜거리는 마음으로 걷는 이들은 걸음을 끌며 걷고, 그렇게 걷는 이들의 삶은 결코 긍정적일 수가 없다.

처음 카미노를 걷기 시작할 때는 고통스러운 순례의 시간들을 건너뛰어서 빨리 목적지에 닿는 순간만을 꿈꾸었다. 삶에서의 길에서도 그랬다. 고통스럽고 막막했던 시간들을 건너뛰어 그 상황을 회피하고 벗어나고 싶었던 것처럼! 그 시간들이 빨리 흘러가서 눈을 감았다가 뜨면 1년이 지나고, 하룻밤을 자고 일어나면 또다시 1년이 지나 있었으면 하는 생각이 들기도 했다. 시간이 고통의 또 다른 이름일 때도 있었다. 그저 시간을 흘려보내는 것으로써 고통에서 벗어나고 싶었던 삶의 한 때….

하지만 그렇게 시간을 흘러 보내고 난 뒤 종종 후회와 회한이 밀려오곤 했다. 아무리 되돌리고자 해도 이미 지나간 내 삶의 시간들은 되돌릴 수 없으므로. 행복한 시간과 마찬가지로 고통스러운 순간도 내 삶의 일부분이었음을 알게 되었다.

경험하지 못하면 결코 알 수 없는 것들이 있다. 그토록 내가 흘려 보내고 싶어 했던 시간들이 너무나도 소중한 시간들이었다는 것을, 나는 카미노에서 깨달아 알게 되었다.

레온으로 가는 까미노 위에서

뿌엔떼 데 비이아렌떼Puente de villarente, 독특한 외관을 자랑하는 다리를 건너 걸음을 옮긴다. 바 앞에 놓인 파라솔 아래 앉아 있는 순례자가 눈에 들어온다. 영국에서 온 데이비드다. 그는 걷기 시작한 지 100일이 되는 날을 자축하면서 홀로 축배를 들고 있었다. "올라!" 그가 궁금해서 그를 마주보며 앉았다.

그가 걸었던 시간만큼이나 그는 진짜 순례자처럼 보였다.

그리고 이 길에서 영혼을 교감하는 데 언어는 사실 큰 문제가 아니라는 것을 또다시 느꼈다. 그는 영혼이 드러나 보일 만큼이나 맑은 눈으로 나를 바라보았다. 그리고 느껴졌다. 카미노를 오래 걸은 사람들은 영혼이 깨끗하고 맑아진다는 말이 사실이라는 것을.

그는 무려 3개의 순례자여권을 가지고 있었다. 앞뒷면을 모두 찍어야 도착하게 되는 이 길에서 그는 어떻게 3개나 되는 여권을 가지게 되었는지, 무슨 이유로 오랜 시간을 길 위에서 보내고 있는지 궁금했다.

그는 산티아고에 대한 책을 출간할 계획이라고 했다. 나 역시 지금은 이렇게 산티아고 카미노를 되짚으며 글을 쓰고 있지만 그때는 생각지도 못했었다. 그가 더욱 멋져 보였다. 목표를 가지고 그 목표를 향해 하루하루 전진하는 사람에게서는 에너지와 아름다움이 느껴진다는 걸 나는 그때 알았다. 그의 책에는 어떤 글들이 기록될까, 궁금했다.

내 가방에 달려 있던 제주도 올레길 리본을 떼어 데이비드의 가방에 달아 주었다. 그렇게 나는 그 파라솔 아래 앉아 맥주를 마시며 데이비드의 이야기로 허기를 채웠다. 레온까지는 14킬로미터를 더 걸어야 했지만 오늘은 그만 이곳에서 걸음을 멈추고 싶다는 생각이 들었다. 맥주 때문에 취기가 올라서 더 그랬을지도 모르겠다.

유혹을 끊고 단호하게 떠나야 하는 길은 늘 걸음을 잡아당긴다. 발걸음은 축축 늘어지고 몸은 천근 바위였다.

레온Leon은 1세기경 로마인들의 손에 의해 만들어진 이래로 역사적인 사건들이 서려 있는 곳이며, 많은 문화 예술 유산이 남아 있는 도시다. 현재 이베리아 반도 북서부의 경제 중심지이자, 풍성한 재료로 스페인 최고의 식도락을 전해 주는 도시로서 카미노를 걷는 순례자들을 매혹한다. 중세의 느낌이 물씬 풍기는 구시가지의 중심지인 우메도 지구(Barrio Humedo)의 거리와 광장을 느긋하게 거닐다 보면 이곳에서 생산되는 포도주와 스페인 전통음식의 꽃이라는 따빠스Tapas를 즐길 수 있는 바와 선술집을 쉽게 만날 수 있다.

레온에서는 일 년 내내 전통 축제와 행사가 끊임없이 열린다. 부활절에 열리는 신비로운 행진은 '유대인 죽이기(Matar Judios)'라는 다소 섬뜩한 이름의 풍습과 함께 열리는데, 다행히도 '유대인 죽이기'라는 풍습은 포도주에 레몬, 설탕, 과일을 넣어 만든 리모나다Limonadas를 마시는 것이다.

이밖에도 '헤나린 매장(Entierro de Genarin)'이라는 풍습도 있는데, 20세기 초 레온에 살고 있던 걸인인 헤나린이 흥청거리며 놀다가 쓰레기차에 치어 죽자 그를 기리기 위한 행사로 만들어졌다고 한다. 그리고 5월과 6월에는 클래식 음악 축제인 호르나다스 무시깔레스Jornadas Musicales가 열리며 9월과 10월에는 대성당에서 오르간 페스티벌(Festival de Organo)이 열리고, 11월에는 레온 지방 전체에서 루차 레오네사La Lucha Leonesa 대회가 열린다.

부활절 2주일 후 일요일에 산 이시도로 광장에서 열리는 라스 까베사다스 축제(Fiesta de Las Cabezadas)는 중세 여성들과 성직자들의 문학 콘테스트에서 유래했다고 한다. 또한 매년 10월 5일에는 포로의 성모상(Nuestra Senora del Foro) 앞에서 열리는 라스깐따데라스 축제(Fiesta de Las Cantaderas)에서는 두 팀의 여성 대표들이 이슬람 풍습대로 옷을 입고 깔비호 전투를 재현한다.

레온에는 스페인의 3대 고딕양식의 성당으로 꼽히는 레온 대성당이 있다. 정식 명칭은 '산타마리아 레 라 레글라.' 13세기 초에 짓기 시작했으나 자금이 부족해 16세기에 겨우 완공됐으니 무려 4세기 동안이나 미완성인 채로 도시의 한 귀퉁이를 지키고 있었을 것이다. 레온대성당의 장관 중 하나는 바로 성당 벽을 장식하고 있는 스테인드글라스가 만들어내는 황홀한 장면이라고 할 수 있다. 스테인드글라스가 차지하는 넓이가 무려 1700평방미터에 달하며, 석양이 질 무렵이면 화려하게 빛나 장관을 연출해 감탄을 자아낸다.

레온에서 이틀을 더 머물 예정인 데이비드와 아쉬운 이별의 포옹을 나눴다. J와 나는 하루 종일 고생한 몸에 상을 주기로 했다. 쇼핑몰에 있는 중국음식 뷔페 웍wok에 들어가 해물 철판요리, 초밥, 새우요리를 시켰다. 식도락은 여행에서 매우 중요한 부분을 차지한다. 음식이 맞지 않는 여행은 그 자체로 고통이다. 그런 면에서 레온의 만찬은 황홀했다.

스페인의 여름은 10시가 넘어야 해가 지기 시작해서 11시가 다 되어야 어둠이 찾아온다. 저녁을 먹고 나왔을 때 하늘은 여전히 밝았다. 10시가 넘었는데도 말이다. 배를 채우고 나니 따뜻한 욕조에 몸을 담그고 싶은 생각뿐이었다. 레온대성당 근처에 있는 호텔에 숙소를 잡았다. 하지만 하룻밤을 보내는 동안 몸은 밤새도록 열이 올랐고 얼굴이며 목과 팔에도 붉은 반점이 솟아서 괴로운 밤이었다.

밤새도록 끙끙 앓다가 짐을 챙겨 J가 묵고 있는 알베르게를 찾아갔다. 수녀원에 있는 사람들이 우르르 몰려와 수군거렸다. 베드버그에 물린 것이라고 했다. 가방과 옷을 다 벗고 소독하고 약을 쳐야 한단다. 베드버그에 물린 것처럼 붉은 반점이 생겼지만 가렵거나 아프지는 않았던 나는 고개를 저었다. 사람들은 듣지 않았다. 나는 몸이 좀 피곤하거나 면역력이 떨어지면 해물 알레르기가 생기는데, 어제 저녁에 먹은 새우 때문인 것 같았다. 심지어 J 마저도 내 말을 믿어 주

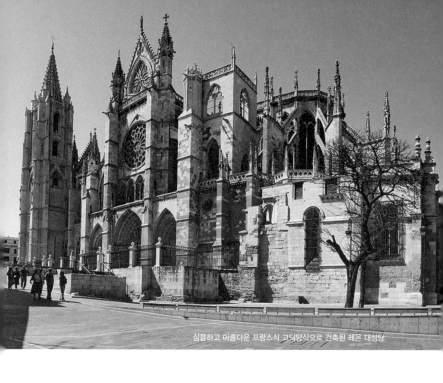
심플하고 아름다운 프랑스식 고딕양식으로 건축된 레온 대성당

지 않았다. 서운했다. 밖으로 나와 터벅터벅 걷고 있을 때 누
군가 메고 있는 배낭을 툭 쳤다. 데이비드였다. 너무나 반가
워서 눈물이 났다. 내 몸 상태를 설명하자 데이비드가 오늘
은 쉬고 내일 함께 걷자고 위로했다. 그러자 J가 낮에는 쉬
고 밤에 걷는 건 어떻겠느냐고 제안했고, 일단 데이비드의
숙소에 짐을 두고 나와 길목에 있는 바에서 샹그리아를 마셨
다. 평화가 찾아온다.

　큰 도시여서일까? 밤에 출발하는 사람들도 꽤 있다. 밤하
늘에는 별들이 가득했고, 공기는 싸늘했다.

때로는 상처가 나를 키우는 힘

오늘로 24일째, 그동안 하루도 쉬지 않았다. 약속도, 나를 기다리는 무엇도 없는 길을 프로그래밍 된 사이보그처럼 새벽마다 나선다. 일상의 반복으로부터 벗어나기 위해 나섰던 길이 이 정도쯤 되고 보면 또 다른 매너리즘처럼 이어지고 있는 것은 아닐까?

오늘은 7월 7일이고, 날씨는 무더웠고, 스페인의 태양이 등 뒤에서 불탔고, 나는 걸었다. 두 마을을 경계 짓는 다리는 산티아고 카미노에서 가장 길다는 명예로운 걸음의 다리(Puente del Passo Honroso). 오스피탈 데 오르비고Hospital de Orbigo라는 이 마을은 중세의 기사 돈 수에로Don Suero의 순애보와 연인과의 약속을 지키기 위한 기사도에 얽힌 이야기로 유명하다.

후안 2세 시절, 기사 돈 수에로 데 끼뇨네스는 그의 연인인 도냐 레오노르 데 또바르와 기묘한 약속을 했다고 한다. 그녀에 대한 사랑의 증표로 매주 목요일마다 목에 칼을 차고 다니기로 한 것이다. 만약 약속을 어기게 되면 300개의 창을 부러뜨리거나 오르비고 강 위의 다리에서 한 달 동안 결투를 하기로 했다.

하지만 돈 수에로는 이런 약속을 지키는 데 지쳐 결투를 허락해달라고 왕에게 청원했고, 유럽 전역의 기사들에게 목에 차고 있는 칼을 벗을 수 있도록 도와달라는 편지를 쓴다. 이에 수많은 기사들이 결투에 참가해 그의 편에 서기도 하고, 그와 맞서 싸우기도 했던 것이다.

1434년 7월 10일부터 8월 9일까지 7월 25일 성 야고보의 축일을 제외하고 약속대로 한 달 동안 창 싸움이 이어졌다. 수많은 창이 부러졌고 기사들 중엔 부상자는 물론이고, 한 사람이 사망하는 일까지 생겼지만 마침내 결투가 끝나고 돈 수에로는 목에 차고 있던 칼을 벗을 수 있게 되었다. 그 후 그는 자유의 상징인 도금된 은 족쇄를 성 야고보에게 바치기 위해 산티아고로 순례를 떠났으며, 지금도 산티아고대성당에는 그가 바친 족쇄가 보존되어 있다. 이 결투 중에 사망한 한 명의 기사는 기독교식 무덤에 잠들 수 없었다고 하는데, 가톨릭이 이러한 결투를 인정하지 않기 때문이었다.

오스삐탈 데 오르비고 마을 초입에 등장하는 명예로운 걸음의 다리

돈 수에로는 24년 뒤 이 다리 위에서 또 다른 결투를 하다가 다른 기사의 손에 죽었다.

이곳에서는 약속을 지키기 위해서 돈 수에로가 벌인 결투를 기리는 축제가 매년 6월의 첫 번째 주말에 열리는데, 도시 전체를 중세식으로 꾸며놓고 중세식 시장을 열고, 마을의 사람들이 중세 복장으로 축제를 즐긴다.

중세의 어느 날 같았던 옛 시가지를 그냥 지나쳤다. 그리고 평원으로 들어섰다. 농작물들이 키를 키우는 소박한 농경지들은 비어 있다. 노란 페인트를 칠해놓은 돌들이 걸어야 할 길들을 안내하고 있을 뿐 순례자들은 아무도 보이지 않는다. 이윽고 레온산맥의 오르막길이 시작되고 물푸레나무 숲이다. 문학적 상상을 자극하는 물푸레나무… 물푸레, 하고 입속에 나무 이름을 우물거리다 보면 푸른 물이 흘러나올 것만 같다. 그래서 시인들은 물푸레나무를 보며 시상을 다듬기도 했나 보다.

나는 한 여자를 사랑했네. 물푸레나무 한 잎같이 쬐그만 여자, 그 한 잎의 여자를 사랑했네. 물푸레나무 그 한 잎의 솜털, 그 한 잎의 맑음, 그 한 잎의 영혼, 그 한 잎의 눈, 그리고 바람이 불면 보일 듯 보일 듯 한 그 한 잎의 순결과 자유를 사랑했네.

<후략> 「한 잎의 여자_오규원」

한 잎의 솜털, 한 잎의 맑음, 한 잎의 영혼… 재질이 단단해서 트로이전쟁의 영웅 아킬레스의 창을 만드는 데 쓰였다는 물푸레나무는 연약한 외모에 강인함을 감춘 '쬐그만 여인'을 떠올리게도 하고, 흰 쌀알 같은 꽃으로 하여 무언가를 입속에 넣고 싶어지게도 한다. 숲길은 맑고 걸음은 숨이 차다. 간이탁자에 바나나를 비롯한 간식거리를 파는 노점에서 잠시 걸음을 멈춘다.

바나나 한 조각을 입속에 밀어 넣으며 멀리 언덕 위에 서 있는 커다란 돌로 만들어진 십자가를 바라본다. 억울한 누명을 뒤집어 쓴 한 주교의 이야기가 서려 있는 산또 또리비오 십자가(Crucero de Santo Toribio)다.

억울한 누명을 쓰고 추방을 당해야 했던 또리비오 주교는 아스또르가의 전경이 내려다보이는 그 언덕에 앉아 샌들의 먼지를 털면서 이렇게 말했다고 한다.

"아스또르가의 것이라면 먼지라도 가져가지 않겠다!"

아득한 시간의 건너편에서 누군가의 질시와 미움으로 도시를 떠나야 했던 주교는 어떤 마음자리로 샌들의 먼지를 털어냈을까? 억울함이었을까? 그래서 분노했을까? 자신을 음해한 자들에 대한 미움이었을까?

남을 미워하는 마음은 나의 공허함에서 오는 것이 아닐

까 생각해본다. 자신을 신뢰하고 사랑하는 사람은 다른 누군가를 공연히 미워하는 염念을 내지 않으니까. 삭막하고 공허한 마음으로 인해 남을 탓하고, 질투하고, 미워하는 것은 아닐까?

그런 마음을 내다보면 자연히 눈에 색안경을 쓰게 된다. 그리고 아무런 근거도 없이 무조건 누군가의 흠을 잡고 질시하고 비난하게 된다. 반복되면서 쓰고 있는 색안경은 점점 더 짙어진다. 이제 그를 보는 모든 사람들이 그가 색안경을 쓰고 있음을 알지만 그 자신은 절대로 알지 못한다. 그에게 세상은 온통 붉은색이거나 검은색에 불과하므로 실제 세상이 무지개처럼 다채롭고 그래서 아름답다는 것을 알지 못한다. 그는 다른 사람들이 자신을 어떤 시선으로 보고 있는지도 모른다. 그에게 세상 모든 일들은 일방통행일 뿐이며 그래서 아무도 그를 이해하지 못한다. 여기에서 말하고 있는 '그'가 혹시 '나'는 아닐까?

남을 미워하는 마음이 든다면 혹시 내가 어떤 안경을 걸친 채로 세상을, 사람을 보고 있는 것은 아닌지 돌아보아야 할 때가 아닐까 싶었다. 내 마음속에 어떤 욕심들이 자리를 잡고 있는 것인지 헤아려 보아야 할 것이었다. 사랑도 미움도 다 욕심으로부터 태어나는 것이기 때문이다. 하여, 그런 욕심이 결국 다른 누군가는 물론 나 자신에게도 깊은 상처를 만드는 것이다.

하지만 지금까지 그래왔더라도 좌절할 일만은 아닌 것 같다. 안경을 끼고 있었음을 깨달았다면 벗어버리면 된다. 돈오돈수頓悟頓修, 즉 단 한 번에 궁극의 깨달음에 도달하여 더 이상의 수행이 필요 없는 경지는 꿈꿀 수 없다고 해도 돈오점

산또 또리비오 십자가

수頓悟漸修는 어떤가? 매일매일 작은 것을 깨닫고 그것들을 몸에 붙이는 것. 매일 상처를 주고받는 일이 삶이겠지만 극복에 대한 의지만 있다면 괜찮을 것이다. 어쩌면 인생이란 건 상처를 입고 그 상처를 치유하고 극복하는 과정일지도 모른다. 상처를 입지 않는 금강불괴와 같은 이들은 없으니 말이다. 우리는 살아가면서 매일매일 크고 작은 상처를 입고

가우디 작품인 아스토르가 주교 궁

그로 인해 아파하고 그럼에도 다시 씩씩하게 일어나 치열하
게 걷고 있지 않은가. 상처는 아픔이지만 곧 삶을 키우는 거
름이기도 하다. 미래에 닥쳐올 수도 있는 더 큰 도전에 맞
설 수 있는 항체를 준비하는 과정이다. 그래서 어떤 마음의
병을 극복한 뒤에는 그 상처 크기만큼의 마음도 성장한다.

길을 걷다가 힘들면 걸음을 멈추고 쉰다. 바나나 한 조각을 입속에 밀어 넣으며 다리를 쉰다. 마음도 그렇다. 마음이 쉬어달라는 신호를 보내면 쉴 수 있는 여유를 가져야 할 것 같다.

목표는 우리가 살아가는 에너지를 공급하는 연료이기도 하지만 너무나 목표에만 집착하면 많은 중요한 것들을 놓치게 될 수도 있다. 우리의 삶은 무언가를 성취하는 것이 전부가 아니다. 뛰고 걷고 쉬는 다양한 것들의 총합으로 우리는 산티아고를 향해 가고 있다.

손에 잡힐 것처럼 보였지만 아스또르가Astorga 마을에 도착하기까지는 2시간을 더 걸어야 한다.

시간은 기다려주지 않는다

　해를 밀어 올리는 여명의 하늘은 장관이다. 아름다움을 넘어 처절하다. 동 트는 하늘을 바라보며 하루를 시작하는 날들, 그 일상의 단순한 시작이 산티아고 카미노에 와서야 비로소 뚜렷이 인식된다. 지하주차장에서 시작돼 지하주차장에서 하루를 마감하는 일상에 익숙했던 지난 삶의 분주함을 비로소 인지하게 된다. 생각해보라. 언제 해가 떠오르는 동쪽 하늘을 보았던가. 언제 한가롭게 부유하는 구름을 보았던가. 언제 밤하늘을 바라보며 별자리를 찾았던가. 아득하였다.

　자연의 품에서 걸음을 옮겨 놓으며 비로소 자연이 품고 있는 신비로운 포스를 느낀다. 그 포스 속에서 가슴이 터질 듯 행복해진다. 그동안 알지 못했다. 살아 있음을 느끼지 못했다. 삶의 행복은 대단한 무언가가 아니라 소소한 것들에서 비롯된다는 것을 잊고 살았다. 눈과 귀가 있어 보고 싶은 것을 보고 먹고 싶은 것들을 먹을 때의 행복, 나는 비로소 이 길에서 그것을 누리고 있다. 아름다운 자연이 나를 기다리고 있음에 기쁘고 색과 냄새와 맛으로 나를 기다리고 있을 음식을 생각하니 행복하다. 살아 숨 쉬고 내 두 다리로 걷는 이 시간이 경이롭다.

숲이 뿜어내는 공기는 맑고도 달다. 어깨에 매달린 배낭을 추스르며 허리를 편다. 산꼭대기의 작은 마을 폰세바돈 Foncebadon은 200여 명의 삶을 담고 있는 오지마을. 19세기 초에 사라졌다가 카미노가 부활하면서 함께 살아났다.

언덕길은 마을을 뒤에 두고 계속해서 고도를 높인다. 해발 1,439미터에서 돌아보는 풍경은 피레네산맥의 그것을 연상시킨다. 한가롭게 풀을 뜯는 소떼와 어우러진 마을의 풍경은 평화롭고 고즈넉하다. 길은 계속해서 고도를 높이고, 이제 30분 정도 오르막길과 내리막길을 번갈아 걷다 보면 1,505미터의 정상. 커다란 십자가가 서 있다. 돌무더기 위에 긴 나무 장대가 세워져 있고 그 끝에 철로 된 십자가가 꽂혀 있어 철 십자가라 불린다.

이 십자가 앞에는 돌들이 쌓여 있다. 수많은 언어로 기원과 사연이 적혀 있는 돌들이. 역시나 한글 또한 빠지지 않는다. 옛날 시골마을 어귀에 있었던 성황당 같은 느낌이다. 소

폰세바돈 철의 십자가

원이랄 수도 있을 글귀를 돌에 적어 올려놓고 잠시 기도를 올린다. 그동안 지나온 삶의 굽이굽이가 불현듯 떠올라서 주책없이 눈물이 핑하니 맺혔다. 내가 지나왔던 캄캄한 터널들이 떠올랐다. 한 점 빛조차 찾을 수 없는 그 터널을 걸으며 수없이 절망하고 또 희망을 꿈꾸기도 했었다. 그 십자가 앞에 돌을 올려놓으면서 왜 나는 터널을 떠올렸던 것일까? 아직 터널 속에서 헤맬 때의 두려움과 좌절과 막막함을 털어내지 못하고 그 무게에 짓눌리고 있었기 때문일까?

아니다. 이제는 터널이란 지름길을 가기 위한 통과의례임을 안다. 터널이 아니라면 아흔 아홉 구비를 돌아서 가야 한다는 걸 안다. 터널을 마주하게 되는 건 어쩌면 행운인지도 모른다. 두려움을 이겨내고 용기를 낸다면 더 일찍 목적지에 도달할 수 있는 선물을 받을 수 있으므로. 물론 속도를 줄이고 신중하게 한 걸음씩 전진해야 한다. 빨리 벗어나고 싶은 마음에 속도를 낸다면 큰 사고를 당할 수 있고, 공포에 사로잡혀 그 자리에 멈춰버린다면 터널에서 벗어날 수 없다.

시간은 기다려 주지 않는다. 제자리에 멈춰 움직이지 않는 동안에도 내게 주어진 삶의 시간은 흘러간다. 용기를 내 앞을 향해 걸음을 떼야 한다. 그렇다. 나는 내 앞에 기다리고 있었던 수많은 터널들을 지나왔고 이제 터널이 두렵지 않다. 뚜벅뚜벅 걷는다면 어느 순간 빛이 기다리고 있다는 것을 알기 때문이다.

만하린 마을로 가는 길에 양떼를 만났다. 잠시 그들이 지나가는 동안 걸음을 멈춘다. 딸랑딸랑 종소리를 울리며 느긋하게 움직이는 양 무리들, 시간은 느리게 흐른다. 느리게 흘러가는 시간이 좋았다. 생각해보니 산티아고 카미노를 걷는 동안 자주 시간을 잊었던 것 같았다. 분 단위로 시간을 체크하며 보냈던 서울의 삶이 까마득하게 멀었다.

멀어져가는 양떼를 쫓던 시선을 거두고 언덕길을 내려갔
다. 굽이굽이 가파르게 내려가는 길들은 저절로 걸음을 재게
재게 만든다. 배낭이 등 뒤에서 나를 밀었고 자갈들이 발길
에 채였다. 잘못해서 자갈을 밟기라도 하면 크게 다칠 수도
있어 위험하다. 그렇게 길은 엘 아세보El acebo까지 7킬로미
터가 이어진다. 오르막을 오를 때는 제발 내리막길이 나왔으
면 하고 바라게 되지만 내리막길은 오히려 위험하고 힘들다.

무릎에 통증이 느껴지고 발을 헛디뎌 흙덩이가 부서져 굴
렀다. 가파른 길은 첩첩산중으로 구불거리며 끝없이 흘러내
렸고, 이정표조차 없어 마을은 아득했다. 무릎이 아파 다리
를 절뚝거리며 허기가 밀려왔다. 마을이 나타난 것은 그로부·
터 한참 뒤였다.

산 중턱의 엘 아세보 마을은 검은 돌과 석판으로 지붕을
얹어 아름다웠다. 그러고 보니 사람의 마음은 참 간사하다.
막막했던 마음이 따뜻해졌다.

마을입구의 바에 앉아 한숨을 돌리고 있던 순례자들이 "올
라!"하고 반긴다. "올라!" 미소를 지었지만 더 이상은 걸을
힘이 남아 있지 않았다. 겨우 숨을 돌리고 나자 그제야 눈으
로 들어오는 마을의 풍경은 아름다웠다. 돌로 세운 벽과 돌
로 쌓은 계단들, 모두 자연으로부터 선물 받은 것들이었다.

가톨릭 교황이 통치하던 시절, 이 마을은 몇 백 년 동안 세

금과 징병을 면제받는 대신 순례자들이 걷는 산길과 골짜기마다 400쌍의 말뚝을 박아 이정표를 세웠다고 한다.

신을 벗고 양말을 벗었다. 달아오른 발바닥의 열기를 식히고 다시 신을 신으려 하지만 퉁퉁 부어서 들어가지를 않는다. 어쩔 수 없이 신발을 손에 들고 맨발로 숙소를 향해 걸었다. 숙소는 마을 끝자락에 있었다.

숙소인 라 까사 델 페레그리노La casa del peregnino는 순례자의 집이라는 뜻이다. 안내판을 따라 걸어 올라가면서도 호텔

내리막 언덕 아래로 보이는 엘 아세보 마을

로 잘못 들어온 것은 아닌지 의아한 생각이 들었다. 현대적이고 깨끗한 외관을 하고 있어서 알베르게라는 게 잘 믿어지지 않았다. 넓은 잔디가 펼쳐진 정원과 깨끗한 물로 채워진 풀장까지 있다. 숙박비는 10유로. 카미노에서 가장 크고 좋은 시설을 가진 알베르게다. 테라스에 놓인 의자에 앉자 굽실굽실 흘러가는 산들이 푸르렀다. 알베르게에는 여러 나라 국기가 게양되어 있었는데, 태극기는 없고 일장기가 펄럭인다. 이런, 알베르게!

민하리오으로 걸어가는 길에 만난 양떼 무리

나를 잊는 순간 찾아오는 행복

머물렀으니 떠나야 한다. 그것이 나그네의 숙명이다. 엘 아세보는 오래도록 머물고 싶을 만큼 아름다웠으나 이제는 까까벨로스Cacabelos를 향해 길을 나서야 할 시간이다. 오늘 내가 걸어야 할 길은 31.9킬로미터. 첫 번째 마을 몰리나 세카까지는 쉬지 않고 걸었다. 어제 걸었던 길처럼 가파른 비탈길, 다리가 후들거린다. 얼마나 걸었을까? 몰리나세카 Molinaseca가 산과 구릉 그리고 초지로 포근하게 안긴 채 신기 루처럼 눈에 잡혔다. 하지만 손에 잡힐 듯도 하건만 마을은 좀처럼 가까워지지 않는다. 투명한 공기는 눈으로 쉬이 거 리를 짐작할 수 없게 만든다. 걸어도, 걸어도 좁혀지지 않는 거리로 인해 조금씩 짜증이 솟아나기 시작했다. 실감할 수 없는 목표보다 빤히 보이는 목표를 이루지 못할 때가 더 괴 로운 법이다.

하지만 주저앉아 쉴 수는 없는 일이다. 힘들고 지치고 괴로울 때일수록 정면으로 부딪쳐 나가지 않는다면 벗어나지 못한다. 그리고 그렇게 부딪칠 때 어떻게든 결과물을 얻을 수 있는 것이다.

이윽고 마을로 연결되는 돌다리가 나타났고 나는 숨을 몰아쉬었다. 막상 산을 내려오고 나서야 피레네보다 훨씬 힘겨운 길이었을 비로소 깨달았고, 바에 앉아 쉬면서 폰페라다 Pferrada 성을 멍하니 바라보았다. 이렇게 앉아 있는 것이 벌써 한 시간째였다. 머릿속은 하얗게 비어 있었다. 이만 일정을 접고 이곳에서 쉴 것인지, 아니면 어디까지 더 걸어야 하는지에 대한 갈등도 일어나지 않았다. 걷고 싶으면 걷고 쉬고 싶으면 쉴 것이다. 무념이고 무상인 시간들이 흘러갔다.

그럴 때가 있다. 내가 걷고 있음을 잊어버리는 시간 말이다. 머릿속이 하얗게 비어서 빈 공간에 그냥 내 몸이 아무런 무게도 없이 부유하는 듯한 느낌. 다리를 움직이고자 하는 의지 또한 사라져 그저 심연에 가라앉아 있는 듯한 느낌. 주변의 모든 것들이 하얗게 비어버린 무중력의 공간과도 같은 그런 느낌이 들 때가 있다.

폰페라다 성은 '철로 만들어진 다리'라는 뜻이다. 비에르소의 지방의 수도다. 성에 들어가려면 입장료를 내야 한다는 핑계로 나는 입구에 앉아 망연하게 바라보는 것으로 만족했다. 이 성은 성당기사단의 요새로 산티아고 카미노에서 가장 큰 문화유산에 속하는 곳이고, 매년 7월, 첫 번째 보름달이 뜨는 날 축제가 벌어진다.

'폰페라다의 템플기사단의 성은 장엄한 건축물이다. 이곳에는 국립 현대미술관과 레오나르도 다빈치의 복제판을 포함해 거의 1,400권의 책을 소장하고 있는 폰페라다 조사연구센터가 있다. 훗날 로마의 성채로 사용되다가 12세기 초, 템플기사단이 이 요새를 점령하고 나서, 산티아고로 가는 순례자들이 순례를 하는 동안 편안하게 쉴 수 있는 궁전으로 사용하기 위해 요새를 확장했다. 이 건물은 불규칙한 정사각형

모양을 하고 있으며, 무엇보다도 수로를 통해 해자를 건너기 위한 입구와 아치가 이어져 있는 두 개의 큰 탑이 특징이다. 이 탑의 12개의 원래 탑은 별자리 모양을 재현한 것이다.'

　무념으로 걸었다. 문득 정신이 들어 둘러보니 화살표를 놓친 것 같았다. 한참을 걸어도 다음 화살표가 보이지 않는다. 앱(Camino pilgrim)을 켜보니 카미노 루트에서 벗어나 있었다. 내가 사용했던 앱은 마을과 마을의 거리, 알베르게에 대한 정보와 카미노 스케줄 관리까지 가능해 미리 핸드폰에 저장해 둔 것이었다. 참고로 말하자면 아이폰은 사용이 불가하다.

산티야고 가는 길에 가장 커다란 유산 8000평방미터에 달하는 뽄페라다 성

앱을 보면서 한참을 되짚어 걸어 도시를 빠져나올 수 있었다. 대부분의 순례자들은 이곳에서 머물기로 했는지 길 위에는 나 혼자다.

7월의 스페인은 뜨겁다. 태양이 불타서 아스팔트까지도 녹아버릴 것 같다. 숨이 막힌다. 빠져나가려는 넋을 붙들며 미지근한 물을 입에 붓지만 갈증은 그대로다. 레몬 한 조각을 띄운 얼음 콜라가 간절하게 그리웠다.

꼴룸브리아노스Columbrinos에 도착한 것은 오후 3시가 넘어서였다. 사람이라곤 그림자도 비추지 않는 거리에는 햇볕만 가득했다. 시에스타 시간이었다. 18세기에 건축한 산 에스떼반San estaban 교구 성당의 그늘에 배낭 내려놓고 신발과 양말을 벗었다. 배낭에 발을 올려놓고 누우니 눈꺼풀이 천근이다. 1시간이 넘게 잤다. 카미노를 걸으며 처음으로 자는 낮잠이다. 그늘은 시원하다 못해 서늘했다.

잠에서 깨어났을 때도 뜨거운 태양은 여전이 기운을 잃지 않았다. 그래도 이제 길을 가야 한다. 한참을 걸었다. 땡볕을 맞으며 한참을 걷다보면 포도밭이 시작된다. 처음 산티아고 카미노를 걷기 시작할 때만 해도 이제 막 열매가 맺히기 시작했을 뿐이더니 이제는 제법 포도송이가 커졌다. 지금까지 걸어온 시간을 가늠해본다. 감이 오지 않는다. 얼마나 걸어왔고 얼마나 더 걸어야 할지도 느낌이 없다. 그렇게 10킬로미터를 걷다보니 너무나도 지쳐버린 나머지 그늘도 없는 흙길에 그냥 주저앉고 싶다.

까까벨로스 마을로 가는 길은 온통 포도농장이고 와인이 유명한 고장이다. 언덕 중간에 창고가 보여서 그곳으로 갔다. 땀으로 흠뻑 적은 몸을 지붕 아래 그늘에 앉히고는 초점 없는 눈을 포도밭에 둔다. 어디서 왔는지 새끼 고양이들이 발치로 와서 논다. 시간이 얼마나 흘렀을까?

머리가 하얗게 센 털보 파파가 나타나 나를 보고는 말을 걸었다. 눈빛으로 알아듣는 척하면서 고개를 끄덕였다. 사실은 스페인어로 와인을 말하는 '비노'라는 말만 알아듣고 대충 내 마음대로 해석했다.

"와인 한잔하고 갈래?"

창고에는 시원한 공기가 맴돌았다. 와인을 보관하는 창고에는 와인을 제조하는 기계까지 갖추어져 있었다. 파파가 가져온 시원한 화이트 와인과 소금에 절인 올리브가 갈증과 피로를 부드럽게 풀어주었다. 파파가 창고 옆에 있는 나무에서 열매를 몇 개 따서 건넸는데, 무화과열매처럼 생겼지만 껍질을 벗기니 바나나 속살과 비슷하다. 달달하면서도 상큼한 향이 난다. 이 지방은 과일이 모두 맛있다. 특히 납작 복숭아는 꿀처럼 달았다.

파파는 아들과 손자가 영국에 살고 있다면서 내게 사진을 보여주었다. 그의 얼굴에 가족들에 대한 그리움이 진하게 떠올라 있었다. 우리는 사진을 보면서 이야기를 나눴고, 나는 반병이나 되는 와인을 마셨고, 기분이 하늘 높이 떠올랐고, 몸은 물에 젖은 솜처럼 무겁게 가라앉았다.

와인에 대한 파파의 자부심은 하늘을 찔렀다. 3대째 와인을 만들고 있다고 했고, 개인 상표를 스티커로 붙여 판매하고 있다고 했다. 물론 나는 공짜로 그의 자부심 넘치는 와인을 마셨다. 파파의 와인은 카미노에서 마셨던 어떤 와인보다도 맛있었다.

시간이 가는 줄 모르고 이야기꽃을 피우다 보니 6시를 넘기고 있었다. 아쉬웠지만 엉덩이를 일으켜야 할 때였다. 언제든지 놀러오라면서 주소가 적혀 있는 스티커를 건네주는 파파에게 손을 흔들며 나는 까까벨로스 마을을 향해 걸음을 옮겼다. 나는 12시간이 넘는 시간을 길 위에서 보내고 있는 중이었다. 그래도 행복했다.

마을로 들어가는 다리 아래로 흘러가는 넓은 강물에는 사람들이 헤엄을 치고 있었고, 파티가 벌어지고 있었고, 평화로웠다. 무니시팔 알베르게에 도착한 것은 7시 30분 무렵이었다. 쉬고 있던 순례자들이 나를 향해 엄지를 세우고 박수를 쳐주었다. 한 자리만 남았다며 사무실 관리자는 내 어깨를 토닥인다. 길었던 하루만큼이나 오래도록 기억에 남는 길

무화과 열매 처럼 생긴 달달하고 상큼한 과일

옛날 방식으로 3대째 와인을 만드는 모습

이기도 하다.

오늘 하루, 나를 움직이도록 했던 힘은 무엇인가? 그리고 나를 행복하게 했던 것들은 무엇인가? 와인 창고에서 만난 파파와 함께 잔을 부딪치고 떠듬떠듬 이야기를 나누며 행복하다고 믿었던 것은 무엇 때문인가? 오래도록 혼자서, 그 뜨거운 길을 걷다가 시원한 창고에 앉아 마셨떤 달콤한 와인과 따뜻한 파파의 친절과 정精 때문이었다.

우리를 행복하게 만드는 것은 대단한 그 무엇도 아니다. 자유로움, 나는 그때 어쩌면 한없는 자유로움 속에 있었다.

달콤한 와인에 가볍게 젖었을 때 길에 대한 부담도, 무언가를 갈망하는 욕망도, 내일에 대한 걱정과 염려도, 먼 미래에 대한 희망이나 고민 또한 없었다. 파파의 미소는 따뜻했고, 수다스러운 파파의 말은 알아듣지 못해서 오히려 나를 얽매지 않았다. 그 순간 나는 자유로웠다. 바람처럼, 구름처럼, 뜨거웠던 태양처럼 대자연의 포스에 나를 한껏 맡겨버린 무한한 자유! 진정한 자유는 나 자신을 잊고 대자연과 하나가 되는 것이었다. 그보다 위대한 힘이 어디에 있으며 온전히 그 속에 있을 때보다 행복한 순간이 어느 때라야 있을까?

진실을 마주보며 용감하게 앞으로 나갈 수 있는 사람은 드물다. 그럼에도 나가야 할 때가 있다. 아니 나아가야 한다. 또다시 실수하고 또다시 슬퍼하고 또다시 힘들어 하겠지만 그래도 걸어가야 한다. 괴로움과 정면으로 부딪쳐 나아갈 때 자유는 허락되는 것이기 때문이며, 있는 그대로의 나를 받아들이고 다음 걸음을 내딛는 것이 삶이기에.

내일을 아는 사람은 없다. 알지 못하기에 걱정을 그치지 못한다. 오늘을 열심히 사는 것이 최선을 다해 내일을 준비하는 것임에도 오롯하게 오늘만을 살지 못한다. 자주 흔들리고 자주 의심하고 자주 두려워한다. 흔들리는 마음에 자신에 대한 믿음은 자리를 잡을 수 없다. 결국 한걸음도 떼지 못하게 된다.

　결국 사람을 움직이도록 만드는 것은 두 가지다. 자기에게 이익이 되는 것과 자신이 옳다고 믿는 것이다. 사람들은 항상 그것을 바라며 그것을 끊임없이 생각한다. 단 한순간도 자신이 원치 않는 것을 생각하는 사람은 없다.

　내 삶의 길에서 나는 무엇을 원하고 무엇을 옳다고 믿었던가? 생각해보면, 안개처럼 모호했던 것 같다. 내면 깊숙한 곳에서 분명히 가지고 있을 것임에도 그것을 분명하게 드러내지는 못했던 것이다. 그리고 오늘, 서늘한 공기가 떠돌던 와인창고에서 파파와 함께 잔을 기울여 취기에 녹아들며 녹작지근하게 느꼈던 것이 자유는 아니었을까? 그런 생각이 든다.

걱정은 걱정일 뿐

살아오는 동안 늘 불안한 시선으로 미래를 보면서 초조함과 걱정을 품고 오늘을 살았다. 좀처럼 여유를 갖지 못했던 삶속에서 나는 늘 급했고 참지 못했다. 그럭저럭 잘 살아왔다고 생각하고 앞으로도 잘 살아갈 수 있을 것이라고 막연하게 기대했다. 그럼에도 미래는 늘 안개에 휩싸여 모호한 시공간이었고 무언가 두려운 존재가 입을 벌리고 있는 것은 아닌지 두려웠다. 다가오지도 않은 미래를 걱정하고 고민하는 것으로 시간을 소비하면서도 나는 그것이 나의 미래를 준비하고 점검하는 조심스러운 과정이라고 생각했다.

사람은 강한가 하면 약하고, 또 그런 나약함 속에 강한 의지를 품고 있는 존재다. 불안함을 느끼는 것은, 인간으로서 아주 익숙한 감정이다. 인류가 멸종하지 않고 살아남을 수 있도록 해 준 유전자의 기억이다. 그러니 무언가에 대해 혹은 미래에 대해 겁을 집어먹는다고 해서 부끄러워할 필요는 없었다. 누구라고 불확실한 것들로 가득 차 있는 미래를 두려운 마음으로 바라보지 않겠는가? 의심스럽지 않겠는가.

하지만 두려움은 설렘의 다른 말이기도 하다. 공포가 빠져버린 놀이기구는 그저 밋밋한 장난감에 불과하지 않은가. 두려움은 인간이 멸종하지 않도록 해 준 필수불가결한 감정이고 그래서 우리는 그런 두려움 감정 앞에서 물러서서는 안 된다. 불안은 곧 짜릿한 쾌감의 다른 이름이기도 하기 때문이다. 불확실함이 주는 공포를 견디며 무언가를 이루어냈을 때의 성취감을 생각해보라!

산티아고 카미노는 바로 그런 길이다. 아득한 길에 대한 걱정과 자신에 대한 의심을 극복하면서 나는 이제 3/4이 넘는 길을 걸어왔다. 어제 그랬던 것처럼 나는 오늘 또한 용감하게 하루를 뚜벅뚜벅 걸어갈 것이다. 나를 기다리고 있는 불확실한 미래를 향한 발걸음 역시 포기하지 않을 것이고, 주저앉아

갈리시아로 들어서는 경계선을 알리는 표지석

굴복하지 않을 것이다.

나는 이제 안다. 걱정하는 마음이 해결해 주는 것들은 아무것도 없다는 것을. 나는 길을 나설 것이고 또 목적지에 도착하게 될 것이다.

생장에서 카미노를 시작하던 그 때, 가야 할 거리를 보여주는 숫자는 아득해서 나를 믿을 수 없었다. '이 길을 다 걸을 수 있을까? 아니 나는 무사히 한국으로 돌아갈 수나 있을까?'

이제 의심하고 용기를 잃었던 시간들은 뒤에 남았다. 남은 카미노는 채 200킬로미터가 되지 않는다. 이제는 익숙해져서 배낭 무게도 부담스럽지 않을 정도로 줄어 있었다. 길은 계속해서 무언가를 버리는 과정이고 27일을 걸어오는 동안 8킬로그램이 넘었던 배낭은 이제 옷 한 벌과 반드시 필요한 생필품뿐이었다. 욕심마저 덜어져서 삶의 무게 또한 가벼웠다.

비야프랑까 델 비에르소Villafranca del Bierzo에 도착했을 때는 몸도 마음도 가벼웠다. 마을은 중세의 느낌으로 요새처럼 산속에 숨어 있었다. 13세기에 고딕양식으로 지어진 산티아고성당에는 십자가상이 있고, 성년들에게만 문이 열린다. 바로 '용서의 문(Puerta del Perdon)'이다. 문을 보는 순간 모든 걱정들이 사라지고 무언가 모를 뿌듯한 감정이 가슴을 채운다.

이곳에는 이야기가 하나 전해진다. 교황 칼릭스토 3세가 몸이 아프거나 피치 못할 사정으로 카미노를 다 걷지 못하고 돌아가는 순례자들에게 교서를 내려 이 문을 지나게 되면 성지순례를 마친 것으로 인정을 해 주었다는 것이다. 꼭 완주를 해야만 성지순례를 마친 것이 아니라 이곳의 문을 통과하는 것만으로도 인정을 해 주었다니 내가 느낀 뿌듯한 감정은 어쩌면 여기서 길을 접는다 해도 목적을 다 이룬 것이 되는 것이기 때문인 걸까? 그리고 보면 카미노는 어느 지점에서 시작해야 하고 어느 지점까지 반드시 걸어야 하는 것은 아닌 것 같다. 그저 길을 걷는 동안 자신의 삶의 무게를 느껴보는 것만으로도 충분하지 않은가 싶은 생각이 든다.

사실 우리는 우리가 하는 모든 것들에서 의미를 찾고 목표를 구한다. 여행에서조차 그러하다. 하지만 정작 목표를 정하고 의미를 찾는 순간 여행이 가져다 주는 자유로움은 휘발되고 사라진다. 이것은 답을 찾기 위해 헤매는 인생에서 정작 행복은 사라지는 것과 같다.

불가佛家에는 '지금, 여기.'라는 화두가 있다. 현재의 삶을 살라는 뜻이다. 오직 지금, 여기만을 붙잡고 수행하라는 의미다. 그러하다. 과거는 이미 소멸했으므로 존재하지 않는 것이고, 미래는 오지 않았으므로 존재하지 않는다. 존재하는 것은 오직 지금 이 자리에 있는 나인 것이다. 인생의 진정한 의미가 무엇인지 모른들 또 어떠한가. 현재 내게 주어진 삶에 만족하며 천천히 유랑하는 인생도 괜찮을 것 같다.

누군가 집을 팔아서 몇 년간 세계여행을 떠나자 주변에서는 걱정스러운 시선으로 이런 저런 조언을 하는 모습을 보았다. 미래를 사는 사람이 그런 결정을 내리고 실행에 옮기는 사람을 보는 시선은 불안하다. 길고도 긴 삶에서 나중에는 어쩌려고 그렇게 충동적으로 행동하는지 이해할 수가 없다.

하지만 어쩌면 그렇게 미래를 사는 사람들이 정말로 현명한 건지는 알 수 없다. 나는 과감하게 세계여행을 떠나는 그를 보면서 그야말로 진정으로 현재를 사는 사람처럼 느꼈다. 자신에게 주어진 순간순간을, 살아 있음을 자각하며 사람이

뜨리바멜로의 한국 라면을 끊여서 파는 바와 알베르게 운영하는 곳

라는 생각이 들었다. 물론 몇 년 뒤에 그의 운명이 어떻게 전개될지는 나도 잘 모르겠다. 한때의 충동으로 경제적인 어려움에 허덕이며 비루한 운명에 빠지게 될지, 아니면 더욱 행복한 삶을 영위하게 될지 알 수 없다. 그럼에도 생각한다. 아직 오지 않은 미래를 위해 늘 현재를 희생하는 사람은 영원히 펄떡거리는 삶을 살 수 없게 될 것이라는 것을.

오늘 나는 행복하다. 인생은 답을 골라내는 시험이 아니고 나는 지금 행복하다. 미래의 내가 어떻게 될지는 몰라도 지금 나는 행복하다. 내게 어떤 일이 일어나게 될지 알 수 없어도 지금 나는 행복하다.

오 세브레이로 뿔뽀(문어)요리를 파는 레스토랑

뜨라바델로Trabadelo의 한 건물 벽에는 태극기가 바람에 펄럭이고 있었다. 알베르게를 겸해서 한국 라면을 끓여 파는 식당이었다. 한국에서는 그다지 즐기지도 않았던 라면이 이렇게 그리운 음식이 될 줄이야. 쌀밥과 배추 샐러드로 흉내를 낸 어설픈 김치와 라면 한 그릇이 6유로였다. 하지만 값은 중요하지 않았다. 국물에 밥까지 말아서 그릇을 깨끗이 비웠다. 눈물이 날 것 같았다.

음식이란 게 그러하다. 여행을 하면서 현지 음식들이 아무리 맛이 있어도 조금씩 시간이 흐르게 되면 무언가 빠져버린 듯한 허전함과 갈증을 느끼게 된다. 어쩌면 그것은 젖을 떼는 아이가 느끼게 되는 익숙한 것들과의 결별에서 오는 허전함일 수도, 그리운 것들에 대한 향수와 같은 것일 수도 있겠다. 어쨌든 라면 한 그릇으로 나는 비어있던 무언가를 다시 채우고 입속의 허전함을 리셋한 듯한 느낌이었다.

오 세브레이로O Cebreiro를 향해 이어지는 길은 돌밭과 진흙길의 연속이었다. 이런 길을 걷다보면 엄청난 에너지를 소비하게 된다. 피레네, 깔따브리야산맥을 넘었던 내 두 다리였지만 얼굴은 붉게 달아오르고 허파는 산소를 공급하느라 허덕거린다.

산을 넘어 갈리시아Galicia 지방으로 들어서는 경계선에는 산티아고 데 콤포스텔라까지 152.5킬로미터가 남아 있음을 알려주는 표지석이 서 있었다. 네 개의 지방을 거쳐야 도착할 수 있는 산티아고 카미노의 마지막 지방이다. 네 개의 지방을 안내하자면 프랑스 국경을 지나 들어서게 되는 나바라 Navarra 지방, 밀밭과 포도밭으로 뒤덮인 리오하Rioja 지방을 거쳐, 메세타를 품고 있는 고독과 침묵의 카스티야 인 레온 Castilla y León지방을 지나면 마지막으로 갈리시아다. 이곳은 바다와 가까운 지역이어서 해산물 요리로 매우 유명한 곳이다. 특히 문어 요리인 뽈뽀Pulpo가 유명하다.

오 세브레이로 마을은 해발 1,330미터라는 높은 곳에 위치해 있어 저절로 감탄사가 터져 나올 만큼 풍광이 뛰어나다. 살아서 이토록 아름다운 마을을 볼 수 있음은 행운이 아닌가. 찬양하라! 각양각색의 돌로 지어진 건축물들은 연륜이 깊다. 9세기에 지어진 성당은 마치 중세의 어느 하루 이곳에 서 있는 듯한 기묘한 느낌이었다.

산타마리아 라 레알성당은 이사벨여왕이 순례 중에 들렀던 곳으로 세례를 위한 샤펠에도 기적의 성배와 영성체의 형상이 모셔져 있다. 매년 8월 15일과 9월 8일에는 종교행렬 의식을 치르며 기적의 영성체와 성모상을 모신다고 한다.

안내판에 문어 그림이 그려진 레스토랑으로 들어갔다. 당연히 문어요리와 와인을 주문했다. 그토록 먹고 싶었던 문어요리는 환상이었다. 와인 한 모금을 입속에서 굴린 다음 뽈뽀를 입에 넣고 가만히 씹었다. 야들야들 부드러운 식감과 감칠맛이 입속에서 터지며 미각세포를 깨웠다. 와인은 뽈보를 부르고 뽈뽀는 와인을 원한다. 결국 와인을 두 병이나 마셨다. 분위기에 취하고 음식에 취하고 와인에 취해 마을 구경은 접어두고 잠자리로 기어들었다. 꿈속에서도 나는 와인을 마시며 뽈뽀를 씹었다. 그리고 끝내 마을을 온전히 둘러보지 못했던 것이 지금은 아쉽다.

느긋하게 걸어도 괜찮아

전날 마신 와인이 날이 밝아서도 나를 풀어주지 않는다. 오랜만에 게으름을 부리다가 9시가 되어서야 마을을 떠났다. 여전히 날씨는 맑고 공기는 깨끗하다. 미세먼지 따위 걱정할 필요 없는 길을 여유를 부리며 한 시간쯤 걷다보니 아꾸나가 조각한 순례자기념물(Monumento al Peregrino)에 도착한다.

1300년대에 살았던 희생과 봉사의 아이콘인 산 로께San Roque는 해발 1,270미터의 알또 데 산 로께Alto de San Roque 언덕에 서 있었다. 계곡 아래를 굽어보고 있는 거대한 순례자 상은 당장이라도 뛰어내려갈 것처럼 생생하다. 순례자는 지팡이에 의지해 바람을 뚫고 힘차게 앞을 향해 걸음을 내딛고 있다. 공연히 울컥하는 감정이 솟구쳤던 것은 순례자의 마음과 공감하는 것들이 있었기 때문이리라.

출발이 늦었던 터여서 앞에도 뒤에도 사람들은 보이지 않는다. 조각상 앞에서 한동안 먼 산을 바라보노라니 서울에서의 삶들이, 아니 그동안 살아왔던 온 생애가 겹쳐진다.

"더 빨리, 더 많이, 더 오래!"

나는 이런 주문을 외우며 하루를 시작했었다. 쉴 새 없이 울리는 핸드폰, 메일, 문자를 보면서 그것이 내가 살아 있음을 증명하는 것이라는 착각에 빠져 살았던 시간들이었다. 정작 내가 무엇을 위해, 무엇을 향해, 무엇을 하고 있는지도 모르면서 그저 정신없이 바쁘게 움직이는 일상을 열심히 살아가는 거라고 대견하게 느끼면서 말이다. 어쩌다 아무것도 하지 않고 가만히 빈둥거릴 수 있는 시간이라도 생기면 화들짝 놀라서 내가 게을러진 것은 아닌지, 내가 이렇게 가만히 있는 동안 다른 사람들은 치열하게 나를 추월해 가고 있는 것은 아닌지 죄책감까지 들었다.

조금이라도 일이 밀리거나 정리가 안 되면 큰일이라도 난 것처럼 "빨리 빨리!"를 외치면서 직원들을 쥐 잡듯 했었다. 성격은 급하고 참을성도 부족한 나는 일을 시키자마자 곧바로 피드백을 요구하고, 실수라도 하면 하늘이 무너지기라도 하는 것처럼 들들볶아서 직원들은 하루 종일 어깨가 늘어져 눈치만 살피곤 했었다. 조금만 시간이 지나면 모두 해결이 되고 정리가 되는데도 그 잠깐의 순간을 참지 못하고 그들의 말을 들어줄 여유조차 갖지 못했었다. 그러고 보니 나는 그 동안 인간성의 바닥을 보여주고 있었던 것이다.

그들은 내가 단지 월급을 주는 사람이라는 이유 하나로 나의 성급함과 변덕스러움을 견뎌야 했고, 그럼에도 불구하고 몇 년씩이나 내 곁을 지켜주었다. 죄책감이 밀려왔다.

비로소 깨닫는다. 조금 더 생각의 무게를 줄이고 단순해져야 했다. 나 자신을 믿고 존중했다면 그렇게 성마르게 굴지는 않았을지도 모른다. 자신의 선택을 믿고 책임지며 해낼 수 있다는 믿음이 확고했다면 그렇게 일희일비하지 않았을 것이다. 나는 고개를 들어 먼 산맥과 그 위로 펼쳐진 파란 하늘을 보는 대신 늘 발밑의 길바닥만 보면서 살아왔던 것이다.

세상을 단순하게 보면 평온함을 유지할 수 있다. 남들보다 머리가 좋다고 믿고 그래서 너무 많이 머리를 굴리는 사람은 오히려 함정에 빠지기 쉽다. 수백 가지를 생각하고, 해내고서도 어느 한 가지도 인정받지 못하는 사람이 있는가 하면 평생 단 하나에 집중함으로써 사람들의 뇌리에 강렬한 기억을 남기는 사람도 있다. 복잡하게 보이는 것들을 전부 걷어내고 단순하게 정리할 때 비로소 내가 살아가는 이유가 보이는 것은 아닐까 하고 나는 순례자 상 앞에 서서 오래도록 생각했다.

알또 산 로께 고갯길에서 만나는
순례자 기념물

빠산떼스 담 벼락에 쉬고 있는 셰퍼드개

길은 자잘한 오르막과 내리막을 번갈며 이어지고 있다. 작은 산골마을 오스삐딸 데 꼰데사Hospital de condesa를 통과해 큰길을 지났고, 이어 산길로 접어들었고, 산길은 다시 고갯길이었다. 해발 1,275미터 높이에 있는 빠드로넬로Padornelo 마을로 오르는 산자락 사이로 얼핏 설핏 파라솔이 보이기 시작했다. 누군가는 그곳에서 쉬고 있을 것만 같은 느낌이 들었다. 오늘따라 사람을 구경하기가 어려웠었다. 바에 혼자 앉아 콜라를 마시면서 사람이 그리웠던 하루였다.

피레네산맥 아래 마켓에서 만났던 청년들과 접선을 시작했다. 다들 거리가 많이 떨어져서 만날 수 없었고, 7월 17일

산티아고성당에서 만나기로 약속했었다. 성공이는 오늘 목적지인 사리아Sarria에 묵을 거라고 한다. 보고 싶은 사람들이 었다. 이곳에서 사리아까지는 30킬로미터가 넘으니 그렇게 되면 총 39킬로미터를 넘게 걷는 셈이다. 상상도 해보지 않았던 일이다. 산티아고까지 가려면 무리해서는 안 된다. 하지만 아쉽고 간절했다. 하는 데까지 해보는 거다, 싶었다. 발에 무리가 가지 않을 정도로 천천히 걸었다. 이대로라면 늦어도 밤 8시까지는 걸어야 사리아에 도착할 수 있을 것 같았다. 그래도 괜찮다. 더 이상 가지 못하겠다 싶으면 쉬어가면 된다. 마음을 비웠다. 어차피 일찍 숙소에 들어가 봐야 특별히 할 일도 없지 않은가. 보고 싶은 사람을 만날 수 있다고 생각하자 힘이 솟는다. 오늘따라 생각도 걸음도 느긋해지고 여유롭다. 산티아고에 가까워지고 있기 때문일까, 아니면 걷는 것이 익숙해졌기 때문일까?

　빠산떼스 마을은 작았다. 바도 마트도 알베르게도 없다. 골목에는 쇠똥이 널려 있고 돌로 쌓아올린 벽이 군데군데 무너져 내린 집들이 있었다. 사람이 살고 있지 않은 듯한 집 담벼락 앞에 앉아 있는 덩치 큰 세퍼트를 보고 사진을 한 장 찍었다. 눈매가 순해서 무너진 담벼락이 쓸쓸했다.
　다음 마을까지는 2킬로미터. 목적지인 뜨리아까스떼야

Triacastella로 가는 숲길에는 이끼와 덩굴로 뒤덮인 커다란 나무들이 서 있었다. 금방이라도 괴물로 변신해 덮칠 것만 같은 나무들. 사람이라곤 아무도 없는 길은 으스스했다. 그래도 깜짝 놀랄 성공이 얼굴을 생각하니 나도 모르게 웃음을 떠올랐다.

시간이 얼마나 흘러갔을까? 밤 8시가 넘어섰고 나는 사리아Sarria에 입성했다. 사람을 만나고 싶은 마음 하나로 11시간을 넘게 걸어온 것이다. 스스로 대견했다. 몸은 힘들었어도 마음은 힘이 넘쳤다. 태어나서 처음으로 하루에 40킬로미터를 걸었다고 생각하니 스스로 자랑스러웠다. 젊고 힘이 넘치는 군인들의 행군 거리만큼이나 걸었으니 대견하지 않은가.

강변 옆 골목길은 레스토랑과 노천 바들이 즐비하게 들어서 있었다. 시간이 너무 늦어 사설 알베르게에 짐을 풀면서 혹시나 하는 생각에 지금까지 만났던 한국 친구들에게 '방금 사리아 입성!'이라는 카톡을 보냈다. 발바닥 물집으로 고생한 J도, 세라도 이곳 사리아에 머물고 있었다. 답신이 왔다.

'누나 미쳤어, 대단해, 역시, 대박 등…'

간단히 씻고 세탁에 건조까지 부탁하고 노천 레스토랑인 '산티아고 카페테리아'의 테이블에 놓인 냅킨을 찍어 카톡에 올렸다. 우리는 10시가 다 되어서 겨우 만났다. 성공이는 26

일만에 보는 얼굴로 내 앞에 나타났다. 힘들게 걸어온 피로가 한순간에 풀렸다.

같은 곳에서 출발하지만 그날그날의 도착지는 모두들 다르다. 하지만 산티아고 카미노에서는 빨리 걸어도 느긋하게 천천히 걸어도 이렇게 만나게 된다. 사람이 주어진 삶을 다 살아낸 후에 만나는 곳이 모두 같듯이 말이다. 그러니 여유를 가지고 천천히 음미하면서 걸어도 괜찮을 일이다

'괜찮아, 서두를 거 없어!'

내 이름은 It's OK 쏭!

사리아Sarria. 드디어 표지석의 숫자가 두 자리로 줄어드는 날이다. 사리아에서 시작되는 구간은 순례를 시작하는 사람들로 붐빈다. 특히 여름에는 방학을 맞은 가까운 나라에서 온 학생들이 단체로 걷는 모습을 자주 볼 수 있다. 스페인에서는 취업을 할 때 산티아고 카미노를 걸었다는 순례자 증서가 있으면 가산점을 준다고 하는데, 사리아에서 시작해 100킬로미터만 걸어도 발급해 준다. 젊은 학생들이 줄지어 걷는 것은 그 때문이리라.

사리아에서 포르토마린Portomarin까지 가는 길에는 바가 드물다. 넓은 초원에는 소떼만 한가롭다.

'산티아고까지 100km.'

표지석을 기념물 삼아 사진을 남기고 싶었다. 다들 보았다는데 나만 놓쳤다. 1킬로미터를 지나 '99km'라는 숫자를 만나자 울컥, 뜨거운 감정이 올라왔다.

'드디어 끝이 보이기 시작하는구나.'

2킬로미터쯤 더 걸었을 때, 알록달록한 색깔로 문양을 새긴 가리비가 눈에 들어왔다. 그보다 '라면 팝니다.'라는 한글이 더욱 반갑다. 가격은 좀 비싸다. 그래도 다들 함께 나눠먹을 생각에 기분이 들떴다. 한국 친구들에게 사진을 찍어서 "오늘은 한국 요리로 파티하자."는 카톡을 보냈다. 먼저 도착한 사람이 숙소를 정하기로 했다. 고추장이며 김이며 카레며 밥을 담은 봉지를 룰루랄라 흔들며 발걸음마다 신이 났다. 맛있게 먹을 사람들을 생각하니 행복했다.

누군가에게 줄 선물을 고르면서 설레고 즐거웠던 기억이 있을 것이다. 받는 것만큼이나 설레고 행복한 것이 선물을 주는 것 같다. 소중한 사람을 생각하며 준비하는 선물이라면 더욱 그럴게다. 선물을 받고 좋아할 사람을 생각하는 것만으로도 행복하다. 행복이란 그런 것이다. 바라는 것 없이

사리아에서 포르토마린 가는 길에 만나는 표지석

누군가에게 도움을 주었을 때의 뿌듯함. 행복은 그런 것이다. 남에게 바라기만 하는 사람은 끝내 행복할 수 없다. 하지만 따뜻한 마음, 늘 진실한 배려로 사람을 대하는 이들은 안다. 지금은 아니더라도 언젠가 결국 행복은 돌고 돌아서 찾아온다는 것을….

플라톤은 "남을 행복하게 할 수 있는 자만이 또한 행복을 얻는다."고 했다. 누군가를 행복하게 하기 위한 노력들이 자신을 더욱 행복하게 만드는 법이다. 오늘 주변 사람들이 행복해질만한 일을 찾았다는 생각에 행복하다. 라면 몇 봉지를 통해서 뜻밖에 새로운 깨달음을 얻는 하루다.

아름다운 풍경을 보면 사람들은 한 폭의 그림 같다고 말한다. 그럴 때마다 늘 "표현이 참 진부하기도 하지."라는 생각이 들곤 했는데, 아뿔사! 포르토마린Portomarin의 파란 하늘과 높은 다리 아래로 흐르는 미뇨강(Rio Mino)을 보면서 들었던 생각이 바로 그랬다. 역시 휴양지 도시답다. 높게 걸린 다리는 길이 100미터가 넘어서 흔들림 때문에 어지럼증이 느껴진다. 이 마을은 1962년 미뇨강에 댐이 건설되면서 마을이 수몰되자 역사가 오랜 건물들을 현재의 지역으로 옮긴 것이다. 대표적인 건물이 산 페드로의 로마네스크교회와 산 니콜라스의 기념비적인 교회 요새들이다. 오래된 중세 궁궐들 중 일부는 언덕 위에 위치한 새로운 도시 포르토마린의 주 광장으로 옮겨놓았다. 중세의 다리는 물속에 있고, 남아 있는 것은 새 다리의 입구에 있는 기초와 아치 중 하나뿐이다.

마을로 들어가려면 그 유명한 가파른 계단을 올라가야 한다. 계단을 오르면서도 힘들다는 생각은 들지 않았다. 보고 싶은 사람들을 만난다는 기쁨 탓이다. 그렇다. 희망이 있는 한 언제나 가혹한 현실조차 견딜 만한 것이다.

한눈에 강줄기가 내려다보이는 곳에 자리 잡은 페라멘테이로Ferram Enteiro 알베르게를 찾아 짐을 풀었다. 현대식 시설에 120개의 침대를 갖추고 있어 순례자들이 많이 묵는다.

먼저 와 있던 성공이가 조심스럽게 다른 친구와 같이 식사를 해도 괜찮은지 묻는다. 물론 괜찮다. 슬로베니아 국경 근처의 도시인 팔마노바라에서 왔다는 모녀였다. 클레리아는 나와 동갑이었고, 안나는 17살이라고는 믿기지 않을 만큼 성숙한 분위기를 풍기는 숙녀였다. 고추장을 넣은 제육볶음에 상추쌈을 먹을 계획이었지만 채식주의자인 클레리아와 안나를 위해 일단 장을 보기로 하고 중심가인 메일 플라자 광장으로 갔다. 지금까지 보았던 성당들과 좀 다르게 보이는 산 니콜라스San Nincolas 성당은 정문에 조각된 장미문양이 아름다웠다.

한국 음식으로 행복한 만찬

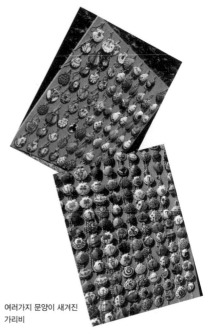
여러가지 문양이 새겨진
가리비

　우리는 메인플라자 광장 옆 마켓에서 장을 봐 알베르게 주
방에 풀어놓았다. 고추장을 넣은 매콤한 오징어볶음 냄새가
침샘을 자극했는지 순례자들이 지나가다가 "쏭! 스멜 굿!"하
며 엄지손가락을 내민다. 클레리아는 맵다고 하면서도 연신
상추쌈을 입에 넣었다. 역시나 어울려서 먹는 밥이 맛있다.
먹는 시간은 하루 중 가장 즐겁고 행복한 시간이다.

　클레리아는 러시아 남자와 결혼했다가 이혼하고 두 딸과
함께 살고 있다고 했다. 선생님이라는 직업처럼 조용하고 차

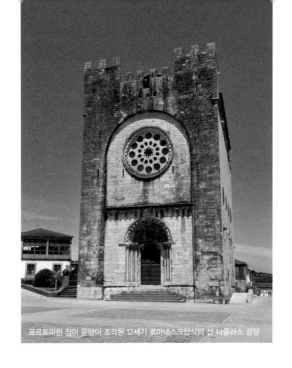
포르토마린 장미 문양이 조각된 12세기 로마네스크양식의 산 니콜라스 성당

분한 성격이었다. 그녀는 안나가 대인기피증이 있다면서 이
해를 해달라고 말했다. 그러자 안나는 갑자기 수저를 내려놓
고 침대로 가버렸다. 그녀는 어린 시절 폭력적인 아빠로 인
해 사람에 대한 공포와 불안감을 가지고 있다고 했다.

　겨우 기분이 풀렸는지 안나는 다른 사람들이 식사를 마치
고 난 뒤에야 밥을 먹기 시작했다. 나는 옆자리에 앉아 미소
를 지으며 핸드폰에 저장된 고양이 사진을 보여주었다. 그
녀는 조심스럽게 관심을 보이기 시작했고 집에 고양이를 두
마리 키우고 있다면서 사진을 보여주었다. 우리는 조금씩 친

해졌다. 밤늦게까지 이야기를 나누면서 안나는 내 이름을 부르며 장난을 쳤다.

"It's OK 쏭!"

우리는 날이 밝으면 함께 걷자고 약속을 하고 옆 침대에 누워 서로 바라보며 잠이 들었다.

따뜻한 가슴이 강하다

　누군가의 따뜻한 시선을 받으며 눈을 떴던 게 얼마나 되었을까? 도무지 기억나지 않았다. 설레고 따뜻하고 행복하다. 밤늦도록 이야기를 나누다가 잠들었던 안나가 쑥스러운 얼굴로 내가 잠에서 깨어나기를 기다리고 있었다. 너무나 깨끗하고 순수한 모습이어서 마음까지 따뜻해졌다. 그녀가 작은 목소리로 인사했다.

　"올라!"

　"올라!"

　한국말, 영어, 몸짓까지 섞어 안나에게 입모양으로만 말했다.

　"오늘 함께 걸을까? 내가 한국 노래 가르쳐 줄게."

　안나가 고개를 끄덕이면서 말했다.

　"OK, 쏭!"

안나와 함께

안나의 미소

우리는 가만히 웃었다.

카미노를 걷던 첫날이 떠올랐다. 말이 통하지 않아서, 영어를 못하는 자신이 부끄러워서 공연히 기가 죽고, 그게 마치 죄라도 되는 것처럼 자존감이 바닥으로 떨어졌던 날이었다. 외국으로 여행을 떠날 때마다 영어 콤플렉스를 느꼈고, 소통해야 할 상황이 되면 이리저리 도망쳤었다. 그러다 집으로 돌아오면 '아, 이거 영어공부를 해야 하나.'라면서 회한에 젖기도 했는데, 사실 언어가 여행의 전부는 아닌 것 같다. 생각보다 우리는 능숙한 영어, 말이 아니라도 소통하는 데 큰 문제를 느끼지 않는다. 그깟 영어 한마디 제대로 하지 못한다고 해서 피하고 도망치려고 했던 나를 생각해보면 우습기도 하고 부끄럽기도 하다.

이제 나는 더 이상 말 때문에 위축되거나 도망치지 않는다. 어느새 나는 사람들과 자연스럽게 어울리게 되었고, 하고 싶은 말과 그들의 생각을 느끼며 어울리는 데 큰 어려움을 겪지도 않게 되었다. 어쩌면 나는 소통을 유창한 영어로 어필하는 것, 즉 나를 과시하는 것 정도로 이해하고 있었던 것은 아닌지 모르겠다.

안나는 카미노에서 만난 누구보다도 소중한, 행운과도 같은 친구였다. 안나를 만나서 행복했다. 우린 두 손을 꼭 잡고 흔들면서 소풍을 가는 아이들처럼 산토끼 노래를 한 소절씩 불러주고 따라 부르며 걸었다. 지금도 안나는 한국 노래를 기억하고 있다고 이야기한다.

전날 클레리아와 이야기를 나누면서 그녀가 왜 안나를 산티아고 카미노에 동행을 했는지 이해할 것 같았다. 하지만 안나는 다르게 생각했었다. 그녀는 왜 힘들게 이 길바닥을 걸어야 하는지 이해하지 못했다. 틈만 나면 걷기 싫다고 화를 냈다. 클레리아는 딸이 카미노를 걸으면서 사람들과의 사이에 놓인 문을 열고 두려움을 줄일 수 있게 되기를 바랐지만 생각만큼 쉬운 일은 아니었다.

안나는 엄마가 순례를 하고 싶어서 왔을 뿐 자신에게 묻지도 동의를 구하지도 않았다고 투덜댔다. 모녀는 다음 마을에 도착할 때마다 신경전을 벌였고, 엄마를 이해할 수 없다면서 눈가가 촉촉해졌다. 안나는 자신의 존재감을 느끼지 못했다. 자신이 할 수 있는 건 아무것도 없었고 모든 일은 엄마 마음대로 움직여질 뿐이고 자신은 인형에 불과하다고 했다. 안나와 클레리아의 관계가 삐걱대는 것은 당연한 일처럼 보였다.

안나는 키가 크고 걸음이 빨랐다. 나는 키가 작고 걸음도 느릿했다. 안나는 천천히 걸어서 나와 보조를 맞췄다.

아무리 최신 의약품, 아무리 비싼 약… 백약으로도 듣지 않는 병이 있다. 마음의 병이다. 자존감이 무너지고 비참한

반려견과 함께 하는 순례자

기분이 들어 힘들었을 때 내게 다가와 따뜻한 말 한마디를 건넸던 지인이 떠올랐다. 그렇다. 바로 그럴 때 나를 위로하며 토닥토닥 하는 말은 내 인생을 바꾸는 엄청난 힘을 가진 한마디가 될 수도 있다.

진심어린 따뜻한 말 한마디는 그 무엇과도 바꿀 수 없을 만큼 귀하다.

"오늘 고생 많았어요."

별것 아닌 한마디에 무거운 다리와 처진 어깨를 쫙 펴지기도 하고 "네가 세상에서 제일 예뻐!"라는 한마디에 세상의 어떤 꽃보다 더 빛나는 얼굴이 될 수도 있는 것이다. "사랑해요."라는 딸아이의 한마디에 부모는 세상 누구보다도 행복한 사람이 되고 박지성은 히딩크의 칭찬 한마디에 세계적인 선수로 성장할 수 있었다.

안나에게 히딩크와 같은 사람이고 싶었다. 따뜻함과 진심을 안나의 가슴에 담아주고 싶었다. 너는 온 우주와 같다고, 언제나 보호받아야 하고, 언제나 행복할 자격이 있다고.

"오늘 같이 걸어서 줘서 고마워!"

빨라스 데 레이Palas de Rei 마을에 도착해 안나의 눈을 보며 말했다. 그리고 물었다.

"같이 저녁 먹을까?"

안나는 내 말이 끝나기도 전에 고개를 끄덕였다. 나중에야 들었지만, 내가 하는 말을 알아들을 수는 없었지만 내가 무슨 말을 하고 싶어 하는지에 대해서는 똑바로 느낄 수 있었다고 했다.

이후로 안나는 바뀌었다. 더 이상 짜증을 내지 않았고, 엄마와 함께 웃고, 노래를 부르면서 무사히 완주를 했다. 내 생일 성당 앞에서 다시 만난 우리는 뜨겁게 서로를 안았다.

안나는 행운과도 같은 아이라고 나는 생각한다. 사람의 마음을 이해하고 공감하는 것이 얼마나 크고 중요한 일인지 새삼 깨닫게 된 계기였기 때문이다. 안나는 이탈리아와 아드리아해 북부 슬로베니아와의 국경지대에 있는 트리에스테라는 도시에서 공부하며 잘 지내고 있다.

빨라스 데 레이에 도착했을 때 나는 그들 모녀로부터 식사 초대를 받았다. 함께 와인을 마시고 밥을 먹으며 행복했다. 사람이 사람을 보며 웃는 풍경이 행복했다. 서로가 서로를 사랑하는 모습이 행복했다.

그들은 이제 서로를 바라보고 있었다.

누군가를 바라본다는 건 마음이 건너가는 것이라는 걸 비로소 알겠다.

오랫동안 감춰온 상처와 대면하기

오늘도 걷는다. 노란 화살표를 따라서. 오늘은 혼자가 아니라 둘이서 함께였다. 사리아에서 순례를 시작한 하진이와 함께 걸었다. 영국 교환학생으로 미술 디자인을 공부하고 있는 하진이는 딸보다 한 살이 많았다. 밝고 씩씩하고 말을 참 예쁘게 하는 친구였다. 아직 어린 나이였지만 홀로 외국에서 생활했던 때문인지 어른스러웠고, 그래서인지 말이 잘 통했다. 보폭 또한 비슷해서 함께 걷기 좋았다.

포도나무 옆 벤치에 앉아 신을 벗고 발을 말리면서 딸아이를 생각했다. 미안했다. 하루 종일 사람을 상대하면서 쌓이는 스트레스를 나는 딸아이를 상대로 풀었더랬다. 딸 앞에서 내 말투는 늘 날이 서 있었고, 무언가를 명령하고 있었다. 그리고 어느 순간 아이는 말문을 닫았다. 기분이 좋아보여서 말을 걸어도 겨우 대답만 할 뿐 표정은 하얗게 바래 있었다.

유학생활 7년을 보내고 집으로 돌아온 딸은 케이크에 촛불을 켜고 나를 기다리고 있었다. 내 생일이었다. 문을 열고 들어갔을 때 아이는 밥상을 차려놓고 엄마를 기다리고 있었다. 딸아이가 끓여놓은 미역국! 어쩌면 울컥 감동을 받아야 마땅한 일이었다. 하지만 미역국을 한입 떠 넣고 나는 잔소리부터 늘어놓고 있었다.

"미역국에 참치를 넣으면 어떡해! 들기름까지 넣었어?"

"몰랐어! 처음 끓여서 그래."

엄마의 반응에 당황한 딸아이는 방으로 들어가 울었다.

먼저 고맙다고 말해야 했다. 나는 늘 그런 식이었다. 밖에서 받은 스트레스와 상처를 소중한 사람들에게 떠넘기곤 했다. 마음은 그게 아니라고 하면서도 나는 왜 그렇게 말했던 것일까? 무엇이 나를 그런 사람으로 만들었을까?

하루 종일 이야기를 나눠도 지루하지 않은 사람, 그저 행복한 사람이 있다. 물론 그 반대인 사람도 있다. 그런 사람과 함께 있는 자리는 불편하고 자존감이 떨어진다. 말을 예쁘게 하는 사람에게는 좋은 꽃향기가 나는 것 같고, 반대로 말끝마다 뾰족한 가시가 느껴지는 이들도 있다. 그때 내가 그랬던 것 같다. 부드러운 혀를 칼처럼 썼던 것 같다.

멜리데Melide는 카미노에서 소문난 마을이다. 돌다리를 건

멜리데 뽈뻬리아 (문어 요리집) 문어를 보여주는 모습

까미노의 동행

너 시내로 들어가면 만나는 정사각형의 간판, 이 지역에서 가장 맛있다고 소문난 뽈뽀 음식점 에세퀴엘Ezequiel이 있다. 순례길 다큐멘터리 프로그램에서도 소개되었던 뽈뽀 요리로 유명한 마을인데, 올리브유와 빨간 피망 가루를 뿌린 문어를 바게트 빵에 올려 먹는다. 시원한 맥주와 함께 먹어도 좋지만 도자기 그릇에 화이트와인을 마시는 것도 색다르다.

배를 채우고 와인에 취해 길 위에 걸음을 놓는다. 이제 카미노 데 산티아고도 끝을 보이고 있다.

한 번만 더!

한 달이 넘도록 쉬지 않고 걸었다. 드디어 산티아고 데 콤포스텔라에 입성하는 날이다. 아침까지만 해도 상상조차 못했다. 미쳐야 도전할 수 있는 48킬로미터. 아침 7시에 출발해 잠 한숨 자지 않고 다음날 새벽 3시까지 걸었다. 몸과 마음이 만신창이였다. 어제 하진이와 아이스크림을 먹으며 장난처럼 했던 말이 씨앗이 되었다.

"우리 내일은 콤포스텔라대성당까지 걸어볼까?"

"진짜 좋아! 도전해보고 싶어!"

사실, 오늘은 내 생일이었다. 거리에 아무도 없는 그런 고적한 시간에 대성당 앞에 서고 싶었다. 44번째 생일의 버킷리스트라고나 할까. 굳이 말하자면 생일날까지 길에서 보내고 싶지는 않았다. 좋은 호텔에 묵으며 미역국을 먹고 싶었다. 한식이 그리워 참지 못하고 먹어치우게 될까봐 눈에 띄지 않게 가방 밑바닥에 숨겨두었던 미역국.

피트니스에 가서 운동을 하다보면 근육이 터져 버릴 것 같은 순간, 숨이 턱까지 차오르는 순간, 주저앉아 버리고 싶은 순간이 있다. 그럴 때면 '이 정도면 됐어.' '다음에 하자.' '충분

해.' 하는 유혹이 온다. 그럴 때 트레이너가 하는 말이 있다.

"한 번만 더!"

최후의 힘을 짜내 그 한 번을 더 하는 것이다.

최후의 순간을 넘어야 그 다음 문이 열린다. 그래야 내가

원하는 세상으로 갈 수 있다. 때로는 너무 힘들어서 내 기대치를 낮추고 싶기도 했고, 다가온 기회를 모른 척 외면하고 싶기도 했다. 하지만 결코 그럴 수가 없었다. 하겠다고 마음먹은 건 꼭 해야 하는 완벽주의자 같은 성격 탓도 있었지만, 그 차이를 일찍 알아버렸기 때문이다.

마지막 한 번의 한계를 벗어나지 못하면 결과는 확연히 달라진다. 99도와 100도 사이에는 단 1도 차이여도 물이 끓느냐 끓지 않느냐 하는 아주 큰 차이가 생긴다. 열심히 노력해놓고 마지막 순간에 포기해 모든 것을 제로로 만들어 버리기는 싫었다. 세상에서 가장 힘들고 중요한 건, 마지막 1도, 그 한계의 순간이 아닐까.

별들로 가득한 카미노의 밤길

캄캄한 밤길을 작은 손전등 하나에 의지하면서 걸었다. 등에 배낭을 짊어진 채로 땅에 누워 하늘을 올려다보았다. 자욱하도록 별들이 반짝였다. 저절로 입가에 미소가 맺혔다. 걸어온 길들이 어둠속으로 아득했다. 생장, 피레네, 론세스바예스, 비아나… 지나온 길들이, 지나온 마을들이, 지나온 사람들이, 지나온 시간들이 별처럼 반짝였다. 삶이란 결국 기억의 축적에 지나지 않는다면 나는 가장 빛나는 기억 하나를 뇌리에 깊게 각인하고 있는 것이었다.

카미노를 걷는 동안 수도 없이 되묻곤 했었다. '도대체 나는 왜 이 길을 걷고 있는 것인가?' 하고. 하지만 나는 길을 걸으며 막연하게 가지고 있었던 두려움을 내려놓을 수 있게 되었고, 가벼워질 수 있었다. 그것은 길을 걷느라 몸무게가 줄어서만은 아니었다. 채우기 위해 살아왔던 삶으로부터 이제

순례 중에 만난 안나와 글레리아가 이야기를 나누며 웃고있다.

카미노에서 만난 순례자

225

는 단순해지고 가벼워지는 것으로 행복해질 수 있다는 것을 깨달았기 때문이었다.

멀리 도시의 불빛이 보였다. 누가 먼저랄 것도 없이 우리들은 환호성을 올렸다.

"해 냈어! 드디어 왔어! 조금만 기다려라, 우리가 간다!"

나도 모르게 눈가가 촉촉해졌다. 도시로 진입하는 잔디밭에 세워진 'SANTIAGO de COMPOSTELA'라는 붉은 글자를 보고 감동에 겨워 다리를 질질 끌면서도 씩씩하게 걸었다. 앞질러 달려가는 마음을 자꾸 불러 세워야 했지만 결승선을 앞두고 관중들의 환호에 다시 기운을 짜내는 마라토너처럼 아드레날린이 솟구쳤다.

하지만 정작, 콤포스텔라대성당 광장에서 나는 잠시 얼떨떨한 기분이었다. 정말로 이제 다 온 것일까? 아니면 도중에 만났던 많은 도시들과 같은 도시 중 하나인 걸까?

내일 새벽 또다시 길에 나서야 할 것 같은 착각이 들었다.

새벽 3시의 대성당 광장은 조용했다. 두 팔을 마음껏 펼치고 크게 소리를 질렀다.

"미송아! 듣고 있니? 생일 축하해! 그리고 열심히 살아줘서 고마워!"

눈물이 뺨을 타고 흘렀다. 대성당을 바라보며 바닥에 누워 다 함께 소리쳤다.

"앞으로 더 행복하자!"

날이 밝았지만 자리에서 일어나는 대신 뭉그적거렸다. 아무것도 하고 싶지 않다. 이건 뭘까? 후련한 마음이 들 것이라고 생각했건만 오히려 비어서 아무런 실감도 나지 않았다. 다 닳아버린 건전지처럼 텅 비어서 멍하니 창밖을 바라보았다. 어제의 내가 벌써 까마득했다. 지금쯤 걷고 있을 시간인데 이렇게 누워 있어도 되는 걸까? 생각해보니 카미노는 참 이상한 곳이었다. 왜 왔나 싶다가도 금방 오기를 잘했어 하는 생각이 들고, 힘들고 짜증이 올라오다가도 곧 행복해지는 길이었다. 어쩌면 우리가 살아가는 일상과 별로 다를 것도 없었던 것 같았다.

따뜻한 욕조에 몸을 담갔다. 조금 피로를 누그러뜨린 뒤에 나갈 생각이었다. 무언가 해야 할 일을 미뤄두고 있는 것 같은 기분이었다. 가게들을 기웃거리며 골목골목 누비고 다녔다. 어딘가에 있을 카미노 화살표를 찾아봐야 할 것 같은 기분이 문득 들어서 피식 웃었다. 이제 나는 목적지에 도착해 있는 것이다.

11시가 지나서 성당으로 향했다. 완주 증서를 발급해 주

순례자 여권과 완주 증서

산티아고 대성당 앞에서 파티를 하고 있는 순례자들

는 순례사무소는 성당 뒤쪽에 있었다. 종이에 영어로 적힌 내 이름을 보면서도 실감이 나지 않았다. 카미노에서 만났던 순례자들과 마지막 포옹을 나눴다. 이제 정말 다 끝난 것이다. 그때였다. "쏭!" 하는 소리에 고개를 돌리자, 안나가 나를 향해 웃고 있었다. 우리는 사랑하는 사람들이 오랜만에 만나기라도 한 것처럼 한동안 서로를 꼭 끌어안았다. 가슴 가득 채워오던 감동, 그때의 느낌을 아마 나는 끝내 잊지 못할 것이다.

성당 옆에 있는 바에서 파티가 벌어졌다.
밤하늘 가득 반짝이던 별들처럼 빛나는 나의 마흔 네 번째 생일, 파티였다.

에필로그

해마다 어버이날만 되면 외로움이 사무치곤 했다. 이건 마치 오래된 고질병 같은 것이다. 부모님이 모두 세상을 떠나시고 보니 찾아 뵐 부모님이 계신 이들이 누구보다 부러웠고, 그래서 어버이날은 '혼술'을 마시는 날이 되었다.

2011년이었다. 5월 8일 어버이날이었다. 처음으로 혼자 여행을 떠났다. 날이 날인지라 비행기에는 가족들과 함께 여행을 떠나는 사람들이 많았다. 공연히 더 외롭고 울적한 생각이 들어 고개를 꺾었다.

혼자 잠을 잘 곳이 쉽지는 않았다. 모텔에서 장기간 지내는 것도 무서웠고, 호텔은 비용이 부담스러웠다. 인터넷 검색으로 여성 전용 게스트하우스를 알게 되었고, 한적한 곳보다는 사람이 많이 다니는 올레시장에 있는 가정집 애순이네 민박집으로 선택했다. 먹을 것을 내 앞 쪽으로 챙겨 주시면서 "이것도 먹어봐요"라는 말과 함께 생선 가시를 발라 내 수저에 올려 주셨다. 순간 가슴 깊은 속에서 뭉클함이 올라왔다. 살면서 처음 느껴보는 따뜻함이었다.

그분이 내게 말했다.

"내일은 차를 렌트하지 말고 올레길 한번 걸어 봐요"

올레길이라는 단어를 처음 들어보았던 순간이었다. 속으로 제주도 말인가? 하고 고개를 갸우뚱하고 있을 때, 그분은 빙그레 미소를 띠우셨다.

그렇게 나는 올레길과의 인연을 맺게 되었고, 길을 걷는 시간 속에 중독이 되었다. 그 여행에서 어렸을 때부터 "난 엄마를 만들 거야."라고 입에 달고 살았던 말처럼 내게도 엄마가 생겼다. 늘 나를 응원해 주시는 제주도 엄마다. 가슴으로 낳은 자식이라면서 드러나 보이지 않는 곳까지도 세심하게 챙겨주시는 내 엄마다. 산티아고를 완주할 수 있었던 것도, 제주올레길을 완주할 수 있었던 것도 엄마를 만났기에 가능했다고 나는 생각한다. 엄마를 만나지 못했더라면 나는 내가 어떤 꿈을 품고 있는지조차 모르고 살았을 것이다.

산티아고로 떠나기 전에 "엄마! 나 산티아고에 가려고 해."라고 하자, 엄마는 이렇게 응원하면서 말했다.

"미송아, 넌 참 열심히 살았어. 나도 네 마음을 알아. 떠날 수 있는 것도 용기야."

카미노를 걷고 다시 돌아왔을 때 엄마는 이렇게 말했다.

"미송아! 가득 채웠다면 비워야 한다. 책 써라!"

나의 내면에 숨어 있던 꿈이 엄마의 눈에는 보였던 것일까? 책을 쓰고 싶다는 그 꿈을? '내가 해낼 수 있을까?'라는 생각 속에서도 마음 깊은 곳에서 뜨거운 무언가가 꿈틀거렸다.

제주올레길에서 우연히 만나 당근 주스 한 잔으로 인연이 지어진 정목 스님의 책에서, "무언가를 얻으려는 욕망이 사라질 때 비로소 지혜가 나타난다."라는 글이 가슴에 와 닿았는데, 카미노의 길에서도 그랬던 것 같다.

오랫동안 나는 꿈 없는 삶을 살아왔다. 내가 어떤 꿈을 가지고 있기나 한 것인지도 별로 생각해보지 않았다. 그러다가 문득 "나는 무엇 때문에 사는 거지?"라는 생각이 들었다. 나는 내가 어느 곳으로 가는지도 모르고 그저 사람들 뒤를 따라 달리고 있었다.

내가 지금 원하는 것은 무엇일까? 생각했다.

집도 사고 싶고, 최신형으로 차도 바꾸고 싶고, 유럽으로 배낭여행도 가고 싶었다.

2011년 제주올레길을 걸으면서 작은 수첩에, 간절한 마음으로 꿈들을 적었다.

첫 번째, 3년 안에 내 집 장만하기.

두 번째, 4년 안에 최신형 자동차로 바꾸기.

세 번째, 5년 안에 유럽 배낭여행과 산티아고 800킬로미터 완주, 한라산 10번, 지리산 5번 종주.

이런 꿈을 이룰 수 있으리라고 나는 믿었을까?

상상도 하지 못할 신기하면서도 엄청난 일이 생겼다.

2013년 3월, 작은 아파트지만 내 집이 생겼다. 수첩에 적고나서 바로 2년 후 봄에 일어난 일이었다.

2015년 6월에는 홀로 파리행 비행기를 타고 날아가 80일에 걸쳐 산티아고 카미노를 완주한 뒤 유럽 11개국 26개 도시를 배낭을 짊어지고 여행했다.

2016년 7월에는 드디어 자동차를 바꿨다.

더 놀라운 일은 한라산 12번, 지리산을 7번 종주했다는 것이다.

메모지에 분명하게 내 꿈을 적은 뒤에 이루어진 일이다. 작은 수첩 뒷장에는 나의 간절함이 적혀 있었다. '목표는 나의 힘! 꼭 하자! 할 수 있어!' 라고 말이다. 작은 메모지에 불과하지만 큰 에너지가 만들어진 것이다.

나는 지금 또 다른 꿈을 만들어가고 있다.

스티븐 코비는 말했다.

"절대 두려움 때문에 포기해서는 안 된다. 결정은 자기 자신이 내리는 것이다."

나는 두려움에 무릎 꿇지 않은 내가 자랑스럽다. 씩씩하게 도전하고 혼자서 헤쳐 나가야 할 시간과 공간과 과제를 두려워하지 않았던 내가 자랑스럽다.

그러고 보면 사람은 혼자 있는 시간에 진정한 성장을 이루는 것 같다. 카미노에서 홀로 보냈던 그 시간들이 나를 한층 더 성장하도록 만들었음을 자주 떠올리곤 한다. 길을 걸으며 의심을 품고 회의했던 것들이 나를 키우는 하나의 자양분이

되어 주었었음을 이제는 알겠다. 삶이란 그런 것이다. 힘들다 싶다가도 행복을 느끼고 우울하다 싶다가도 엔돌핀이 마구 솟아나기도 하는 것. 그런 불확실함이 우리의 삶을 더 맛깔나게 하고 살아볼 만하게 만드는 것은 아닐까?

문득, "나는 무엇 때문에 살고 있는 거지?"라는 의문이 든다면 한마디 조언을 해 주고 싶다. 당장 배낭을 꾸려 홀로 떠나보라고. 두려움을 떨치고 길을 떠나보라고. 홀로 걷는 길은 삶의 여정과 가장 많이 닮아 있으므로.

순례자용 필수 단어

Albergue(알베르게) : 순례자용 숙소

Albergue municipal(알베르게 무니시팔) : 공립 알베르게

Peregrino(뻬레그리노) : 순례자

Credential(크리덴샬) : 순례자용 여권

Manta(만따) : 담요

Pueblo(뿌에블로) : 마을

Servicillo(세르비씨오)/Baño(바뇨) : 화장실

Lavadora(라바도라) : 세탁기

Secodora(세까도라) : 건조기

Supermercado(수뻬르메르까도) : 슈퍼마켓

Restaurnate(레스따우란떼) : 식당

Farmacia(파르마시아) : 약국

Sello(세요) : 도장

Movíl(모빌) : 핸드폰

Foto(포토) : 사진

Sopa(소파) : 수프

Ensalada(엔살라다) : 샐러드

Cerdo(쎄르도) : 돼지고기

Ternera(떼르네라) : 쇠고기

Pollo(뽀요) : 닭고기

Pescado(뻬스까도) : 생선

Hamburguesa(암브로게사) : 햄버거

Bistec(비스텍) : 스테이크

Jamón(하몬) : 햄

Queso(께소) : 치즈

Patata(빠따따) : 감자

Sal(쌀) : 소금

Azúcar(아쑤까르) : 설탕

Pimienta(삐미엔따) : 후추

Chuleta(출레타) : 갈비

Arroz(아로쓰) : 쌀

Calamar(칼라마르) : 오징어

Salchica(살치차) : 소시지

Cervaza(쎄르베사) : 맥주

Caña(까냐) : 생맥주

Vino(비노) : 포도주

Café(까페) : 커피

Agua(아구아) : 물

Manzana(만사나) : 사과

Melocotón(멜로꼬톤) : 복숭아

Ciruela(씨루엘라) : 자두

Naranja(나랑하) : 오렌지

Plátano(쁠라타노) : 바나나

Hola(올라) : 안녕

Buenos dias(부에노스 디아스) : 아침 인사

Buenas tardes(부에나스 따르데스) : 오후 인사

Gracias(그라시아스) : 감사합니다.

Perdón(뻬르돈) : 실례합니다, 죄송합니다.

Adios(아디오스) : 안녕히 가세요.

Por Favor(뽀르빠보르) : 영어 Please와 같은